無敵の城主は愛に溺れる

春原いずみ

white
heart

講談社X文庫

目次

イラストレーション／鴨川《かもかわ》ツナ

無敵の城主は愛に溺れる

ACT 1.

城之内聡史《じょうのうちさとし》の住む家は広かった。豪華絢爛《ごうかけんらん》な邸宅ではないのだが、とにかく広い。端的に言えば、部屋がたくさんある造りだ。もう何年も使っていない部屋もあるのだが、かび臭くならないように、定期的に風を通すのがめんどくさい。

「三階建てだからな」

ようやく少しずつ荷物を解き始めた姫宮《ひめみや》の部屋を見回して、城之内は言った。

「もともと、両親と俺と兄貴、もう亡くなったけど、祖父母、それに一時的ではあったけど、大叔父や大叔母、叔父、叔母、従兄弟《いとこ》なんかが同居していた時期もある。それで狭いと思ったことは一度もなかったから、まぁ、こんなもんだろ」

「でも、居候の僕が二部屋もいただいていいんですか？」

デフォルトは、白衣かスーツ姿かという姫宮だが、今日は、引っ越し作業ということもあって、長袖《ながそで》のTシャツの袖をまくり上げ、細身のチノパンを穿《は》いている。

姫宮蓮《れん》は、城之内・姫宮クリニックにおいての、城之内の共同経営者であり、また、その恋人でもある。つまりは、公私共に『パートナー』という立ち位置である。

「居候……」

妙に古風な姫宮の言い回しに、城之内ははぁっとため息をついた。

「何だよ、居候って……」

「居候でしょう？　それとも、下宿人？」

真顔で言う姫宮に、城之内は再び、深くため息をつく。そして、両手を伸ばすと、姫宮の肩を軽く摑《つか》んだ。

「マジで言ってんのか？」

「はい？」

城之内はハンサムだとよく言われる。彫刻刀で一気に削り出したようなシャープなラインで形作られた顔立ちは、凜々《りり》しく男っぽい。彫りが深く、表情がはっきりとしていて、それがとても魅力的だと言われる。深く刻まれた二重の目は、瞳《ひとみ》の色が濃く、黒目がちで、いわゆる目力のあるタイプだ。その黒々とした瞳で、姫宮を見つめながら、城之内は言った。

「新婚……とか？　ってぇっ！」

姫宮得意のローキックが炸裂《さくれつ》した。城之内は飛び上がる。

「弁慶の泣き所、蹴《け》っ飛《と》ばすなよっ！」

「蹴飛ばされるようなことを言うからです」

姫宮はいつものように恐ろしく冷たい口調で言って、形のよい口元に笑みを浮かべた。

「ありがたいことに、まだ半分くらいしか荷物を解いていませんから、いつでもまた引っ越しできますよ？」

「ひ、引っ越しって……あんた、もうマンション引き払ったんだろ？」

城之内が涙目で言うのを、姫宮はふんと鼻で笑い飛ばした。

「住むところなんていくらでも見つけられますよ。僕はあなたと違って、箱入りではありませんので」

「はぁ？」

何言ってくれちゃってんだ？

姫宮は、とんでもない大富豪一族の一員である。もちろん直系ではないのだが、現総帥である大伯父に、とても気に入られていて、可愛《かわい》がられているという。後継ぎの目もあるなんていう無責任な噂《うわさ》もあったと聞いている。開業医の次男である城之内よりも、絶対に姫宮の方が箱入りのはずだ。

「あんたが箱入りでなかったら、誰が箱入りだよ……」

「前にも言ったはずですが」

姫宮はくるりと背を向けると、積み上げた段ボール箱を開けた。中からきちんとたたまれたシーツを取り出し、振り返るとぱっと広げる。

「いるなら、手伝ってください」

「あ、ああ……」

姫宮がベッドのヘッドボードの方に行ったので、城之内は足元の方に行った。城之内は腰の軽いタイプである。姫宮が広げたシーツの端を摑んで、ぐいぐいと引っ張り、皺《しわ》を伸ばす。こんな作業には慣れていないのだが、勘だけはいい。

「なぁ、何を言ったって？」

シーツの端をそのまま、ぐいっとマットレスの下に突っ込もうとしながら、城之内は言った。そんな彼を、姫宮はきっと睨《にら》みつける。

「シーツの端っこ、きちんと折り込んでください」

姫宮は意外なほど器用な手つきで、シーツの端をきれいに折りたたみ、マットレスの下に挟み込んだ。見事なまでのベッドメイキングのテクニックである。城之内は半ば呆《あき》れたように見てしまう。

「上手《うま》いな……」

一枚物のシーツを使うと、この『シーツを折り込む』のが面倒くさいので、ゴムの入っているボックスシーツを使う人も今は多い。あれだと、シーツの交換も簡単だ。実は城之内家は全員がそのタイプで、この家にはボックスタイプのシーツしかない。祖父が亡くなってからは、布団で寝る家族がいなくなったからだ。

「英成《えいせい》で鍛えられましたから」

姫宮はさらりと言った。

「あそこのベッドメイキングは、自衛隊並みです。先輩の監督の下、中等部に入った日から、がっつりと仕込まれます。シーツに皺が寄っていると、やり直しですから」

英成とは、姫宮や城之内の兄である健史《たけし》が卒業した中高一貫教育学校である英成学院のことだ。全寮制である英成学院では、当然のことながら、ベッドは自分できちんと整えなければならない。最初は上手くできずに、泣きべそをかいていた同級生もいたとは、兄の弁である。

「……なるほど、箱入りじゃないってのは、こういうことか……」

ちなみに、城之内は大学を卒業するまで、自宅から通学していたため、箱入りとは言わないが、それなりに世話をしてもらっていた。母は開業医であり、多忙だったので、世話をしてくれたのは、通いの家政婦であったが、食事の面倒は完全に見てもらっていた。その他、細々とした家事もすべてお任せだった。

「前にも言いましたが、英成に入学した時から、実家には戻っていません。もちろん、最低限の冠婚葬祭には、きちんと出席していますし、外での食事などにはつき合ってもいますが、実家で寝泊まりしたことは一度もないんです」

ぽんぽんと枕《まくら》を叩《たた》いて膨らませ、ベッドに置いて、姫宮はふうっとため息をついた。

「我ながら、融通の利かない性格だという自覚はあります。家族にも、何もそこまでと言われます」

姫宮は良くも悪くも堅い部分を持っている。自立すると決めた瞬間から、実家に寝泊まりするという考えはなかったらしい。

「一ついいですか？」

ベッドメイキングを終えて、姫宮は顔を上げ、小首を傾《かし》げた。

「僕が引っ越しのために自分の荷物をまとめて、新しい住《す》み処《か》のここで荷物を開くのは当たり前のことなんですが、どうして、あなたまでばたばたと引っ越ししているんですか？」

「へ？」

そう。

姫宮の引っ越しに合わせて、城之内も家の中で引っ越しをしていた。城之内が使っていた部屋に姫宮を住まわせ、城之内は兄の健史が使っていた部屋に移ったのである。二人の部屋は、二階部分で向かい合わせになっている。今まで使っていた部屋の向かい側に、城之内はせっせと荷物を運び、引っ越したのである。

「あなたは、そのままご自分の部屋でいいのでは？」

「いや……」

もとは城之内の部屋だったここからは、こぢんまりとした庭が見下ろせる。その中に、すくりと立つ花海棠《はなかいどう》は、ピンク色の可愛い蕾《つぼみ》をいっぱいにつけていて、春を感じさせる。姫宮は窓際に立ち、その心和む風景を見下ろしていた。

姫宮の実家は大きな家だろうから、こんなに可愛い庭はなかっただろう。

たまに語る彼の話によると、広い庭はあったのだが、両親の趣味で、美しく整えられたフランス式になっていて、姫宮はあまり好きではなかったという。隙《すき》がなさすぎて、見ていて何だか疲れるらしい。

城之内の実家の庭は、決して広くはなかったが、季節の花や木々が植えられていて、柔らかに風が通る。二階の窓を開けると、花や緑の香りがして、ふっと心が柔らかくなる。だから、この部屋を譲ったというのもあるのだが、もちろん、ここを明け渡した理由はそれだけではない。

「俺んち、古いだろ？　あちこちリフォームはしてるんだけど、大規模なリノベーションはしてないんだよ。二階でリフォームしてあるのは、俺と兄貴の部屋だけだから……」

もそもそと城之内は言う。

「ですから」

姫宮はわからないなぁと首を傾げた。何を言いたいんだ？　この人は、という顔だ。

「僕が、先輩のお部屋を使わせていただけばいいだけなのでは？　先輩からも、もうこの家に住むことはないから、好きにしていいと……」

「俺が嫌なんだよ！」

城之内は反射的に叫ぶ。

「あんたを兄貴の部屋になんか住まわせてたまるかっ！」

「は？」

姫宮は本当に『何を言っているんだ？　このバカは』といった顔をしている。城之内について、頭のいい人だし、本当に尊敬できる部分が多々あるのだが、たまに、ものすごく馬鹿《ばか》だと思う言動を取りますよねと、姫宮は言う。いや、その通りなので、反論のしようもない。

「別に、先輩と一緒に住むわけじゃ……」

「住まれてたまるかっ！」

姫宮と健史は、英成学院の後輩と先輩という関係である。二級違いで、同じ学校に在籍しており、在学中に面識もあった。面識どころか、姫宮は健史に憧《あこが》れていたと公言しているし、健史は健史で、見たこともないような笑顔で、学生時代の姫宮は本当に可愛かったと言う。そんな、お互いにそれなりに好意を持ち合っていた二人に、城之内は、姫宮と恋人同士になった今も心がざわつき続けている。

「……聡史さん」

姫宮が呆れたように言った。

「そんなに、僕が信用できませんか？」

「し、信用？」

「先輩のお部屋に住んだからといって、心変わりなんかしませんよ。それほど、軽い人間ではありません」

窓から可愛い花海棠の蕾を見ていた姫宮が振り返った。城之内は、そんな彼のすぐ隣に立ち、甘えるようにその肩口にすりすりと懐く。

「でもさ……あんた、いつまでも、兄貴のこと、先輩って呼ぶし……」

何をぐちぐち言っているのかと、姫宮が肩をすくめる。

「実際、先輩なのですから仕方ありません。これぱかりは、英成の伝統のようなものなので。そういえば、あなたのお父さまも英成のＯＢですよね？」

隠れたる名門校、英成学院は、受験するためにはＯＢの推薦状が必須《ひっす》という不思議な受験システムを取っているため、親子二代や親族こぞっての受験が多い。姫宮も親族に英成のＯＢが複数おり、すんなりと進学を決めたらしい。父と兄が英成生だった城之内も、当然のように進学を勧められたのだが、中学からの全寮制、しかも男子校、さらに外界と隔絶された山の中というのに怖《お》じ気《け》をふるってしまい、結局、幼稚園から通っていた東興《とうこう》学院に残ったという経緯がある。

「それなら、あなたのお父さまも、僕は『先輩』と呼びますよ」

「げ。あのひげ親父《おやじ》が『先輩』？」

「そういう伝統ですから」

そっと窓を閉めながら、姫宮が言った。

「ですから、あなたがもやもやする必要はありません」

そして、ふっと笑う。

「ジェラシーでイライラしているあなたは、とても可愛らしいのですが、それも度を超すとちょっと……」

「ジェ、ジェラシーって……っ」

一瞬絶句してから、城之内はふんと鼻を鳴らした。

「ああ！　嫉妬《しっと》してるよ、俺は！　キラッキラの美少年だったあんたを、あのクソ兄貴は独り占めしてたわけだからなっ！」

恋人としてつき合うようになって、城之内は姫宮の学生時代の写真を見せてくれと、ねだったことがある。英成時代の姫宮は、まるでビスクドールのような美少年だった。つい、うっとり見とれてしまい、思い切り腕をつねられた。でも、お山の中の学校に行っていなければ、絶対にモデルかアイドルとしてスカウトされそうな美少年だったのだ。

しかし、姫宮はあくまで冷静だ。当たり前である。生まれた時から見ている自分の顔だ。そんなに褒められる意味がわからないらしい。

「過去なんかどうでもいいじゃないですか。取り返せるものじゃなし。それよりも、今の僕を独り占めしているだけでは、満足できませんか？」

さらっと知的な口調で言われて、城之内はきょとんとしてから、え？　と恋人を二度見した。

「あんた……そういうこと言うんだ……」

愛の言葉など吐きそうもないすかした美人は、たまにスナイパー並みの精密射撃で、城之内の心を撃ち抜く。

「あなたが言ってくださいませんからね」

蠱惑《こわく》の色を宿す栗色《くりいろ》の瞳。ふっと微《かす》かに歪《ゆが》む桜色の唇。どきりとするような艶《つや》が切れ長の目元ににじんで、城之内は思わずこくりと喉《のど》を鳴らす。

「……何で、ここにベッドがあるかな」

それもメイクしたてのふかふかのベッドが。

姫宮のベッドは、オーダーもので、ものすごく寝心地がよくて、その上、多少暴れても、軋《きし》みの一つもあげないという優れものである。

「おや」

「それは」

窓を閉め、すっとローンのカーテンを引いて、姫宮は微笑《ほほえ》む。艶然《えんぜん》と。いつも、爽《さわ》やかで理知的なのに、この色気は何なんだ。わずかな視線の角度、引き上げた唇の角度。そんなミリ単位の変化で、姫宮は城之内を翻弄《ほんろう》する。

「ここが……僕たちのベッドルームだからでしょうね」

ふわっとベッドに座ると、姫宮はすっと上目遣いに、城之内を見た。

「違いますか？」

「その……」

さらさらと滑らかな髪に、城之内は軽く指を通す。ほとんど整髪料を使わないという素直な髪は、いつも柔らかく城之内の指に馴染《なじ》む。

「僕たちってのは？」

「僕のベッド、お気に召してくださっていると思ってたんですが」

姫宮はこういうことをさらっと言う。ガチガチのクールビューティーのくせに、二人きりになると、魔性の顔を見せる怖い姫さまだ。

「真っ昼間からお誘いかよ……」

「嫌なら、無理にとは」

「嫌じゃありませんっ！」

城之内は間髪入れずに言うと、姫宮をベッドに軽く押し倒した。怖い恋人に無体な真似《まね》はできない。姫宮は白衣姿だとほっそりと華奢《きゃしゃ》に見えるが、しなやかで上質の筋肉を隠し持っている。暇を見ては、ジムで水泳やスカッシュをやって、きちんと鍛えている身体《からだ》だ。素肌の上に着ているTシャツの下にするりと手を滑り込ませる。きっちりと締まった腹を撫《な》で上《あ》げ、滑らかな胸にその手のひらを置く。

「何もしてないのに、もう手のひらに何か触ってくるんだけど」

ベッドに片膝《かたひざ》を乗り上げながら笑う城之内に、姫宮はふふっと共犯の笑みを見せる。

「それを言うなら、あなたの方……は？」

しなやかな手が、包み込むように城之内のジーンズのフロントに触れる。

「もうずいぶんと……元気なようですが？」

城之内は、笑う姫宮のTシャツをぐっと上に押しやって、白い胸を露《あらわ》にする。カーテン越しの柔らかな光の中で、すべすべとした淡いクリーム色の肌に濃いピンク色をした乳首がぷっくりと膨らんで見える。

「ああ……だから、さっさと脱げ」

露悪的に言うと、城之内はくすくすと笑い続けている恋人の素肌をすべて、真昼の光の中にさらした。

「……明るいところでやるのは初めてだな」

城之内は自分もさっさと裸になり、柔らかい恋人の素肌の上に、肌を重ねる。

「正確には、昼間にするのが初めてかと」

姫宮は澄ました口調で言ってから、城之内の背中にゆっくりと腕を回した。

「明るいところなら……明かりを消す間も惜しんで襲いかかってきた人がいたかと」

「そうだっけ……」

ワインを二人で二本空けて帰った夜だ。ふんわりと上気した姫宮が色っぽすぎて、我慢できずに、いきなり襲いかかってしまった。姫宮に関しては、ギャップ萌《も》えとでも言うのか、職場でのスクエアなクールビューティーの顔と、プライベートの顔……視線やちょっとした表情の滴るような色っぽさのギャップが凄《すご》くて、城之内は完全にやられてしまっている。

しかし、凜々しく、清潔な雰囲気を持つと言われる城之内も、姫宮に触れる時だけは、完全に野生の顔になる。自分の衝動に正直な雄の顔になる。そのギャップが、姫宮はたまらなく好きだとささやく。

「いて」

背中に軽く爪《つめ》を立てられて、城之内ははっとしたような顔をした。

「何か、他のことを考えてましたね」

姫宮の声が低くなっている。

裸の恋人の上に乗っかっておいて、物思いにふけるなど、あってはならないことだ。

「いいえ！　せっせと励みます！」

そして、きゅっと微笑みの形になった姫宮の唇に、ゆっくりと唇を重ねた。さらさらした髪を撫で上げながら、一番恋人の唇が美味《おい》しくついばめるところを探す。ふわりと開いた唇からわずかに覗《のぞ》いたピンク色の舌を軽く舐《な》める。

キスをするなら、彼のすべてがほしい。あたたかい唇も、甘い舌も、震える吐息も。

「……ん……っ」

掠《かす》れた吐息混じりの声が、微かに洩《も》れる。彼は両腕ですがるように、城之内の背中を抱きしめる。ぴたりと重なった素肌が熱く潤んでいく。ふっと意識が白くなるくらい、お互いの唇を貪《むさぼ》り合い、舌を絡ませて、甘く深いキスを楽しむ。

「やっぱり……あんたの肌って……」

白くまろやかな肩に、軽くキスをする。

「すべすべで、柔らかくて最高……」

返事の代わりに、姫宮は城之内の背中を手のひらでゆっくりと撫でる。そんなに鍛えているわけでもないのに、城之内の身体はきっちりと筋肉で覆われていて、しなやかで強靱《きょうじん》だ。

「あなた……いつ鍛えてるんですか？」

大学時代には体育会系の陸上部で、長距離を走っていた。しかし、スポーツらしいスポーツをしたのはそれくらいだ。

「知らなかったか？　整形外科医はマッチョなタイプが多いんだぜ？　普段から筋肉使うから」

くすくすと笑いながら、城之内は姫宮の太股《ふともも》からお尻《しり》に向かって、ゆっくりと柔らかい肌を撫で上げる。

「ん……」

彼の素肌は、いつもすべすべと滑らかで気持ちがいい。

彼に触れ、そして、抱くことに、正直なところ、最初は戸惑いが大きかった。遊びで抱き合うことなどできない相手に、こんなことをしていいのかという思いもあった。しかし、一度ハードルを踏み越えたら、あとはなし崩しに、この関係に溺《おぼ》れてしまった。

好きならいいじゃないか。好きになってしまったんだから、行くところまで行ったって、たぶん、誰も咎《とが》めない。

「あんたのお尻ってさ……きゅっと上に上がってて……俺、たまに服の上からも摑みたくなる」

城之内はふふっと笑う。

「……摑まないでくださいね……」

立派な痴漢行為だ、それは。

「じゃ……ベッドでだけにする」

「あ……ん……っ」

きゅっとお尻を揉《も》みしだかれて、彼が微かな声を上げる。太股の内側を柔らかく撫でさすりながら、彼の両脚を大きく開いていく。

「あ……っ」

しっとりと濡《ぬ》れ始めている草叢《くさむら》に、指を潜り込ませる。

「……もう、トロトロになってる……」

くすくすと笑う唇が色っぽい。と、彼が両手を伸ばした。城之内の頰《ほお》を包んで引き上げ、唇を寄せてくる。軽く唇を舐められて、くっと笑ってしまう。

「あ……あ……ん……っ！」

お尻を両手で高く持ち上げる。恥ずかしいと思わせる間もなく、ぐっと強く引き寄せた。

「待って……っ」

いくら何でも急ぎすぎると、彼が小さな悲鳴を上げる。しかし、拒否する間も与えずに、性急に身体を開かせ、熱く蕩《とろ》けた楔《くさび》を打ち込む。

「あ……ああ……っ！」

痣《あざ》が残りそうなほど強く、お尻を揉みしだきながら、一気に身体を繋《つな》ぐ。

「あ……あ……ああ……ん……っ！」

「蓮の中……すげぇ……気持ちいい……」

耳元に、低く掠れた声を吹き込む。

「熱くて……柔らかくて……きゅうっときつくて……すげ……最高……」

「あ……そ……んな……っ……！　あ、ああ……ああ……ん……っ」

まだ明るいのに。カーテン越しに陽射しが瞼《まぶた》を貫いてくるのに。二人とも、こんなに声を上げてしまっている。城之内の熱い楔《ひざ》に深々と貫かれ、激しく揺さぶられて、彼はあられもない叫び声を上げ続ける。

「だ、だめ……そんな……の……っ」

ツンと尖《とが》って、ふるふると震えている乳首の先を、熱い舌で舐める。ほんの小さな刺激のはずなのに、喉が鳴り、彼は泣き声を上げて、大きく仰《の》け反《ぞ》る。

「あ……ああ……っ！」

「蓮、今日……何か……凄いな……」

固く膨らんだ乳首を軽く吸いながら、城之内は少しびっくりしたように言う。

「中もすげぇし……ここも……」

「だ……め……っ……！　そんな……きつく……した……ら……っ」

きゅっと強く可愛く膨らんだ乳首を吸い、先を舐め回す。もう悲鳴しか聞こえない。全身をうっすらと桜色に染めて、不規則な痙攣《けいれん》に襲われながら、彼は甘い悲鳴を上げ続ける。

「あ……ああ……ん……っ！　い……いい……っ！　凄……い……っ！」

中を蹂躙《じゅうりん》され、我慢できずに、高く抱え上げられた腰を揺らめかせている。

とっくにブランケットは床に落ちてしまっている。まだ十分に高い午後の光の中で、すべてを脱ぎ捨てて絡み合う二人の身体が、まるでオブジェのように、クリーム色のカーペットに影を落としている。

「もっと……っ」

リミッタが外れてしまった。明るい昼下がりのベッドで、ブランケットの下に潜り込むこともせずに、セックスに溺れる。その背徳感が、普段は過ぎるくらいに慎み深い姫宮のリミッタを外してしまった。

「もっと……し……て……っ！」

城之内の背中に爪を立て、思い切り仰け反って、その熱い舌に、コリコリに尖り立った乳首を差し出す。

「……ああ……」

城之内の唇がふうっと笑った。無意識のうちに、滴るような男の色香が溢《あふ》れ出《だ》す。黒い瞳を細めて、甘い吐息と高くうわずる喘《あえ》ぎを洩らす姫宮を愛おしく見つめる。

「もう……ここには俺たちだけだもんな……」

いくら叫び声を上げても、構わない。マンションの隣人に聞こえたらどうしようとか、そんなことは考えなくていい。このまま、気を失って、眠りに落ちても構わない。家に帰らなきゃとか、明日は何時に起きなきゃとか、そんなことも考えなくていい。

「……あんたと俺が……満足するまで、やろうぜ……」

「……っ!」

ぐうっと一番奥まで押し込んで、きつく揺すり上げる。そのまま本能のままに、乱暴に、激しく突き上げると、姫宮が背中に爪を立ててしがみついてくる。

「ああ……っ!　ああ……っ!　ああ……んっ!」

「蓮……蓮……っ」

汗に濡れそぼった肌がぶつかり合う生々しい音。シーツの衣擦《きぬず》れ。そして、途切れ途切れの愛をささやき合う声。

「聡史……さ……っ!」

今まで上げたことのないような高い声で叫んで、姫宮はすべてを手放し、そして、すべてを抱きしめたのだった。

ACT 2.

城之内《じょうのうち》・姫宮《ひめみや》クリニックは、整形外科と内科を標榜《ひょうぼう》するクリニックである。

「絶対に、勤務医の方が楽だよな……」

今月も、月末締めの給与計算を姫宮にしてもらいながら、城之内はぼやく。

「給料、払うよりもらう方が絶対に楽だって……」

「何が楽かという、価値観によりますね」

姫宮は冷静に言いながら、慣れた仕草でパソコンを操作する。

クリニックは三階建てである。白い外壁の建物は、個人病院にしてはやや大きい。最初に開業した城之内の祖父の時は整形外科だけの単科だったのだが、父が後を継いだ時、内科医である母との二人体制になったため、手狭になった医院の建物を思い切って建て替えた。それが今の建物である。

一階部分が整形外科、二階部分が内科。三階は、スタッフの休憩室やロッカー、二人の医師のプライベートルームになっている。もともと二室に分かれていたプライベートルームは、間の壁を取り払って一室にしてある。一応、アコーディオンカーテンで仕切ることもできるようにしたが、それを閉めたことは一度もない。

「勤務時間の長さや不規則さ、患者の数や病棟の管理……いろいろな意味で、勤務医も大変だと思いますが」

「いや、そういう意味じゃなくてさ」

城之内はソファに座り、のんびりとコーヒーを飲んでいる。

最初は、経営者と雇われ医師という関係で始まった城之内と姫宮だったのだが、この春から、姫宮は城之内の共同経営者になった。ついでに、姫宮は城之内の実家に引っ越してきて、晴れて二人は公私共にパートナーとなり、ラブラブな日々を送っているというわけである。さすがに、毎日のえっちはお互いに身体《からだ》がもたないので、控え気味だが、城之内は姫宮が持ち込んだオーダーもののベッドがすっかり気に入ってしまい、結局、毎晩同じベッドで寝ている。まさに二十四時間一緒という、新婚生活に突入しているわけなのだが、驚くほど、二人ともストレスがない。たぶん、お互いに言いたいことを言って、腹に何もないせいではないかと、城之内は思っている。

「……人を使うって、大変だなって思って」

「ああ……そういうことですか」

姫宮はさらりと答えた。

「でも、ウチは労使間の揉《も》め事《ごと》もありませんしね。スタッフは待遇に満足してくれているようです」

「そうだといいんだけどな。俺、ナースとかパラメディカルの賃金相場なんて知らないからさ」

スタッフたちの給与は、両親が決めた額を基本に、税理士と相談して、ベースアップもしている。クリニック向けの雑誌などをパラ見していると、スタッフの募集広告なども出ているが、そこに書いてある給与と比べても、かなりいい方のようだ。税理士は、よそのクリニックさんはもっと抑えてますよと言うのだが、スタッフが気持ちよく働いてくれて、患者にもよくしてくれるなら、それでいいと思っている。ありがたいことに、自分も姫宮も、勤務医時代と同レベルの生活はできているし。

「さてと……終わりましたよ」

姫宮がデスクの椅子《いす》をくるりと回して振り返った。数字にめっぽう弱い城之内は、スタッフの給与計算や税理士とのやりとりは、姫宮に丸投げしてしまっていた。最初、姫宮はびっくりして、もともと城之内の家業であったクリニックのお金の部分に、他人の自分が触れていいのかと言っていたのだが、兄の健史《たけし》に「聡史《さとし》より信用できそうだし、いいんじゃないの?」とあっさりと言われ、腹をくくったらしい。

一方、出入りの業者とのやりとりは、人付き合いの上手《うま》い城之内の担当である。先代である両親ほど押しが強くなく、若くて明るい城之内は、業者とも上手くやっていけているらしく、結構無理も聞いてもらっている。

〝うん、適材適所だよなー、やっぱり〟

「何、にやにやしてるんです？」

不審そうに眉《まゆ》をひそめる姫宮に、城之内はあははと笑ってみせる。

「いや、何でもない。コーヒー飲むか？」

「はい。あ、自分でやります」

「いいって。座ってろ」

城之内は身軽に立ち上がると、姫宮のために、新しくコーヒーを落とし始めた。

「ああ、そういえば……」

サイドボードからカップを取り出す。二人のカップは、お揃《そろ》いで色違いのマグカップだ。城之内はブルー、姫宮はグリーンの、シンプルなマグカップである。ここが城之内医院から、城之内・姫宮クリニックになった時に、スタッフからプレゼントされたものである。

「これ、来てたって」

城之内は、テーブルの上から一枚のファックスを取り上げた。ちょうど落ちたコーヒーと一緒に、姫宮に渡す。

「何ですか？」

「さっき、帰りがけに事務の越野《こしの》さんが持ってきてくれた。医師会からだってさ」

姫宮はコーヒーを飲みながら、城之内が渡したA４サイズのファックス用紙を見ている。

「……夜間診療ですか」

さっと内容を流し見て、姫宮が言った。

「そんなものがあるんですね」

「俺も知らなかったよ」

城之内は姫宮のすぐ傍《そば》に立って言った。手を伸ばして、姫宮のさらさらとした手触りのいい髪を軽く撫《な》でる。

「道理で、親の帰りがいやに遅い日があったはずだよ。午後七時から十時まで、夜間診療所に行ってた日があったんだな」

医師会からの知らせは『夜間診療のお願い』というものだった。

クリニックが所属している聖原《みはら》市医師会では、すでに廃業している診療所を使って、夜間診療を行っていた。診療は、所属している開業医が持ち回りで担当する。その診療の当番のローテーションに、ゴールデンウィークが終わった後、五月の初旬から入ってもらえないかという打診だった。

「それで？　どうして、今まで僕たちはやらずに済んでいたんですか？」

姫宮は、城之内を見上げて言った。

「あなたのご両親はやっていたんですよね？」

「ああ……俺も医師会に入った時にちらっと聞いてみたんだが、俺もあんたも、開業医になったばかりだっただろ？　それも大した準備期間も置かずにだ。それを考慮して、クリニックの経営が軌道に乗るまでは、お目こぼしだったんだよ」

「それはそれは……」

姫宮はファックスを眺めている。

夜間診療の依頼は、かなり丁寧なもので、きちんと診療所の場所の地図まで入っている。

「ここから、歩いていける場所ですね」

「駐車場が三台分しかないから、できるだけ歩いてこいって書いてあるな。事務の加西《かさい》さんに聞いたら、親父《おやじ》たちもここから歩いていってたってさ」

「ちょうどいい散歩コースですね」

「……あれ？」

姫宮はくすりと笑った。城之内もファックスを覗《のぞ》き込《こ》む。

「え？」

城之内は手を出して、姫宮の手からファックスを取り上げた。

「何だ、これ……」

「はい？」

城之内はファックスの端に、手書きのメッセージがあることに気づいた。

「施設を拝見がてら、直接ご説明に伺いたいと思います。明日、午後六時過ぎにお伺いします。不都合がございましたら、事務局にご連絡ください……？」

「どなたか、いらっしゃるんですか？」

姫宮も立ち上がって、ファックスを覗く。

「……お名前はないですね……」

「まぁ……医師会を名乗ってくるだろうから、わかるだろ」

城之内はあっさりと言った。

「蓮《れん》、メシ食って帰ろうぜ。遅くなったし」

「あ、昨日の夜、ポトフを仕込んでおいたので、家で食べましょう」

姫宮はパソコンをシャットダウンしながら、答えた。

「昨日って……いつ？」

「昨日、帰ってからです。ポトフは材料を切って、煮込むだけなので、手間がかからないんです」

「手間がかからないったって……」

一緒に帰っているのだ。城之内がのんびりと風呂《ふろ》に入ったりしているうちに、姫宮は翌日の食事の支度をしていたというのか。

「蓮……っ」

思わず、きゅっと抱きしめてしまう。

「俺って愛されて……」

「いないとは言いませんが、ポトフは僕が食べたいから作ったんです」

ぴしゃんと軽く手をはたかれる。プライベートでは可愛《かわい》いし、色っぽいところも見せてくれる恋人だが、職場ではあくまでスーパークールである。

「ほぼできているとはいえ、温め直したりしなければなりません。さっさと帰りますよ」

姫宮は淡々と言い放つと、白衣を脱ぎながら、部屋の片隅にあるロッカーに向かった。

「あなたも着替えてください。今日はあなたの運転で来ているんですから」

「はいはぁい」

くるっと背を向けた姫宮の耳たぶが、ほんのりと淡いピンク色になっていることに満足して、城之内は自分もロッカーに向かった。

〝照れちゃったりしてるのかな……〟

思わずすけべ笑いした城之内の後ろ頭に、姫宮の平手打ちが炸裂《さくれつ》する。虫も殺さないような美人の恋人は、実はかなり手が早い。

「ってぇ……っ！」

「さっさと着替えてください。帰りますよっ」

「はいはい……」

これ以上恋人を怒らせて、一緒に寝てもらえないと困る。慌てて着替え、さて、忘れ物はないかとデスクの上を見て、城之内はああと頷いた。

「蓮」

「何ですか？」

すでに自分の方のドアに内側から鍵《かぎ》を掛けていた姫宮が振り返る。城之内は、手にしたメモをひらひらとさせた。

「あのホテル、予約できたよ。五月三日から四日。本当は二泊取りたかったんだけど、客室が少ないから、無理だった」

「ホテル？　ああ……」

少し考えてから、姫宮は花が開いたようににこりと微笑《ほほえ》んだ。あまりこういう微笑み方はしない方なので、唐突にその美しい笑顔を見てしまうと、心臓直撃で死にそうになる。

〝うわぁ……〟

これも惚《ほ》れた弱みというものか。化石のように固まり、動けなくなっている城之内を、姫宮は不思議そうに見ている。

「……どうかしましたか？」

「い、いや……」

城之内が予約したホテルというのは、去年の夏、二人で英成学院《えいせい》に行った時に泊まったプチホテルだ。

「のんびりできる最後のゴールデンウィークになりそうですからね」

姫宮の言葉に、城之内はきょとんとしている。

「何で？」

「何でって……夜間診療と一緒に、休日当番と土曜当番のローテーションにも入ってくれって書いてあるじゃないですか」

テーブルの上に置いたままのファックスを指さして、姫宮は言った。

「お腹《なか》が空きすぎて、頭が働かなくなっているようですね。さっさと帰りましょう」

そして、城之内の背中をぽんと軽く叩《たた》く。

「僕のポトフ、早く食べたくないですか？」


その人が訪ねてきたのは、午後の診療が終わる五分前だった。

「若先生」

ナースの南《みなみ》が、診察室でタンブラーに入ったコーヒーを飲んでいた城之内に言った。

「お客様ですって」

「お客？　受付に？」

疑問符を投げて、ああ……と思い出した。

「もしかして、医師会の人？」

「なのかな？　はい、これお名刺です」

渡された名刺は恐ろしくシンプルなもので、名前と住所、電話番号、メールアドレスが書かれているだけだった。

〝望月《もちづき》……なんて読むんだ？　この名前……〟

名刺を裏返す。予想通り、ローマ字での記載があった。

「望月……たすくって読むのか……」

「たすく？　めずらしい名前ですねぇ」

南が覗き込んでくる。

「へぇ……こんな漢字初めて見た。侑《たすく》……これで、たすくって読むんだ……」

「まぁ、いいや。こっちに入ってもらって。あ、それから、姫先生がお手すきだったら、来てもらって」

「はぁい」

南が出ていき、ほどなくして、コンコンッと軽いノックが聞こえた。

「はい、どうぞ」

「失礼いたします」

静かに落ち着いた声がした。顔を上げると、ダークブラウンのスーツをりゅうと着こなした男性が立っている。

「初めまして。城之内先生ですね？」

「あ、はい……どうぞ」

城之内は立ち上がって、望月侑と名乗る相手を迎えた。

城之内と変わらないくらいの長身だ。年齢は、城之内よりも一回り以上上だろう。壮年という年頃だ。顔立ちはちょっとバタ臭いとでも言うのか、秀でた額と高めの鼻、彫りの深さが際立つ、ちょっと貴族めいた品のある容姿である。

「お忙しいところを失礼いたします。聖原市医師会で、夜間診療を担当しております望月と申します。よろしくお願いいたします」

「はい……」

医師会の人間ということは、医師なのだろうか？　何せ、肩書も何も書かれていない名刺である。相手の正体を測りかねて、城之内は思わず無言になる。望月は柔和に微笑んだ。

「私は、この近くで……」

望月が名乗りかけた時、ふっと後ろの方から、いつもの香りがした。診察室には、廊下以外からも入れる場所がある。バックヤードのようになっていて、事務室側からも入れるようになっているのだ。そこから、姫宮がすっと入ってきたのである。

「すみません、遅れました」

軽く頭を下げながら、城之内の後ろに立った姫宮は、城之内と向かい合う望月の姿を見て、一瞬呆然《ぼうぜん》とした表情を見せた。名乗るでもなく、絶句している姫宮に、城之内は不審げな視線を送る。

「どうした？」

「あ、いえ……」

めずらしい姫宮の狼狽《ろうばい》だった。涼しい目を見開いて、望月をじっと見つめている。信じられないものを見た風情で、薄く唇が開いていることに、城之内は驚いた。

「蓮……？」

「久しぶりだね、蓮くん。私のことを覚えていてくれたようだね」

望月の深い声に、城之内はびっくりして、望月と姫宮を交互に見る。姫宮はこくりと小さく喉《のど》を鳴らしてから、ようやく言葉を発した。

「望月先生……ですね？」

「先生？　やっぱり？」

城之内の問いに、望月は魅力的な笑みを浮かべた。

「名乗るのが遅くなりました。私は、ここから歩いて十五分ほどのメディカルビルの中で、眼科クリニックを経営しています。医師は私一人の小さなクリニックですが」

「眼科の先生……ですか」

城之内は頷いた。

〝うん、少なくとも整形外科じゃないとは思ってた……〟

「蓮くん、元気そうで何よりだよ。何年ぶりだろうね」

望月は柔らかい口調で言うと、すっと手を伸ばした。城之内のすぐ隣に立った姫宮の肩に触れ、そして、柔らかく素直な髪をさらりと撫でた。

〝えっ〟

城之内はぎょっとしたが、姫宮は少しうつむいただけで拒否はせず、望月もごく当たり前のことをしているような表情をしている。

〝それに、ファーストネーム呼びかよ……っ〟

「……最後にお目にかかったのは、大学に入った年だと思います……」

「じゃあ、医者になった君と会うのは、初めてということになるね」

「あの」

城之内は無意識のうちに、少し前に出ていた。さすがに、姫宮を背中に庇《かば》うようなことはできなかったが、できることなら、望月の手を叩き落として、姫宮を自分の腕の中に抱き取りたかった。そんなことをしたら、たぶん、姫宮には蹴《け》り飛《と》ばされるだろうが。

「望月先生と、ウチの姫宮とは……」

「ああ、蓮くんは、私の患者さんですよ」

望月が微笑みながら言った。相変わらず、その目は、城之内の気のせいでなければ、愛おしそうに姫宮を見つめている。

「中学に入った頃からだから……六年くらい？」

「そうですね」

姫宮は静かに答えた。

「先生、よろしければ、院内をご案内します。院長、よろしいですね？」

「あ、ああ……」

城之内は頷いた。

「旧知の仲のようだし……お願いしていいかな」

「はい。望月先生、それではご一緒に」

「ああ、ありがとう。それでは、城之内先生、院内を見せていただきます。いつも前を通ってはいたんですが、中に入ったのは今日が初めてなので」

「……ごゆっくり」

二人が連れ立って出ていき、少しの間、その余韻の中に身を埋《うず》めていた城之内は、やがて糸が切れた人形のように、椅子に座り込んだ。そのまま、べったりと診察用のテーブルに突っ伏してしまう。

「せんせーい、お疲れ……あ、あれ？」

そこに元気に入ってきたのは、ナースの南である。時間からして、退勤の挨拶《あいさつ》に来たのだろう。

「どうしたんです？　お客様は？」

「……姫先生に案内を頼んだ。院内を見学したいってことだったから」

「あ、そうなんですか。で？　何で、若先生は果てちゃってるんですか？」

つけつけと言うあたりが、まさに南である。城之内はようやく顔だけを上げた。

「なぁ、南」

「はい？」

「このあたりに……眼科ってあったっけ？」

祖父、両親と三代に亘《わた》って、ここで開業している城之内一族だが、城之内自身は、子供の頃はまだしも、医師になってからは、ほとんど医院の方に来たことはなかった。だから、この周囲にどんな医院が開業しているのか、まったくわからない。とりあえず、挨拶をしなければならなかったので、このクリニックと専門の被《かぶ》る整形外科と内科はチェックしたが、眼科となると、まったくの専門外である。

「あー、ここから歩いて十分……十五分くらいかな。メディカルタウンっていって、開業医がいくつか集まっているところがあるんです。開業医を集めて、そこに薬局とデイサービスをくっつけてあるんですけど」

「……知らなかった」

「まぁ、そうでしょうね。内科さんがあるので、姫先生はご存じかもしれませんけど。で、確かそこに、眼科と歯科と耳鼻科、皮膚科が一緒に入ってるっていうビルがあるんです。たぶん、そこのことじゃないのかな？　この近くの眼科って、そこしか思いつかないです」

南はあっさりと言った。

「えーと、確か……望月アイクリニック……だったかな？」

「ビンゴ」

城之内は力なく言った。

「今のダンディなお客さんは、そこの望月先生だよ」

「あらま」

南は大きな目をくるっと見開く。

「どうして、眼科の先生がこちらに？」

「医師会のおつかい……ってのは、たぶんついでで、望月先生は姫先生に会いに来たんだと思う……」

「え」

南がびっくりした顔をする。

「何で？」

「知らねぇよ……」

城之内はふらりと立ち上がった。

「お疲れ」

「はぁ……何か、すんごくお疲れ様です」

よろよろとエレベーターに向かう城之内を見送って、南は独りごちる。

「何で、姫先生が絡むと、若はポンコツになっちゃうんだろ……」

クリニックの三階には、色とりどりのソファを置いたちょっとしたホールのような場所がある。インスタントコーヒーを適当に振り入れたコーヒーを持って、城之内はぼんやりと座っていた。外はすでに真っ暗になっていて、ブラインドを上げていても、何も見えない。

「俺、何やってんだろ……」

姫宮の目が悪いことは知っている。普段はコンタクトを使っているが、家に帰ると華奢《きゃしゃ》なフレームの眼鏡をかける。城之内は、意外に姫宮の眼鏡顔が好きだ。姫宮はうっとうしいと言って嫌がるのだが、城之内は彼のちょっとインテリっぽい顔が好きだったりする。

「……目が悪くて、眼科にかかってたのか？」

「それもありますけどね」

突然、すぐ横で声がして、城之内は飛び上がりそうになった。

「れ、蓮……っ！」

「はい」

姫宮はいつものようにクールなポーカーフェイスだ。

「い、いつの間に……っ」

「たった今です。階段で上がってきましたから、気づかなかったんですね」

そして、彼は城之内のカップを覗き込んだ。

「……また、まずいコーヒーを飲んでますね？」

「いや、別にまずくはないけど」

嘘《うそ》だ。適当にコーヒーを振り入れたので、とんでもなく濃くて苦い。姫宮は肩をすくめると、城之内の手からカップを取り上げ、すっとプライベートルームに入っていった。十分ほどで戻ってくる。手には、二つのマグカップを持っている。

「お湯が沸くのを待つ手間は一緒なんですから、美味《おい》しいコーヒーを飲んでください」

姫宮は、いつもきちんとコーヒーメーカーを使う。さすがに豆をミルで挽《ひ》くのは、自宅にいる時だけだが、クリニックでもインスタントは絶対に飲まないし、城之内にも飲ませない。

「いい匂《にお》い……」

あたたかいマグカップを受け取って、城之内はこくりと一口飲んだ。

美味しい。酸味の強いコーヒーは苦手な城之内のために、姫宮は酸味が穏やかな豆を選んでくれる。焙煎《ばいせん》は、少し深煎《ふかい》りの方が好きだ。

「……望月先生は？」

城之内の問いに、姫宮は軽く頷いた。

「お帰りになりました。院内をぐるっと見たら、満足されたようで」

さらりと言う。城之内はちらりと姫宮を見た。

「院長によろしくと」

「よろしくねぇ……」

城之内はふうっとため息をつく。姫宮のいれてくれるコーヒーはやっぱり美味しい。

「……びっくりしました」

姫宮がぽつりと言った。城之内の隣に座り、自分もコーヒーを一口飲む。

「望月先生にお目にかかるのは、本当に久しぶりだったので」

「……元主治医ってこと？」

城之内は熱いコーヒーをがぶっと口に入れてしまい、それをようやく飲み下して、言った。

「子供の頃の主治医……？」

「そうですね。中学一年から大学に入るまで、定期的に診ていただいていました。当時、先生はT大にいらしたので」

「T大ってことは……蓮の先輩？」

「十五歳くらい離れていますが」

姫宮は少し笑った。

「中学に入る頃、僕は急激に視力を落として、日常生活にも支障が出るようになりました。何せ、それまでは遠視に近いくらい目がよかったのに、突然〇・〇一以下になったんですから、本当に困りました。ちょうど、英成学院に入学した年でしたから、自室でさえ、自由に動けなくて」

「はぁ……」

「僕は眼鏡でもかければいいと思っていたのですが、寮生活が始まったこともあって、大伯父が心配しまして。連れていかれたのが、T大の付属病院でした」

姫宮は淡々と言葉を続ける。

「そこで、僕を担当してくださったのが、当時T大にいらした望月先生で、結局、ずるずると大学入学までお世話になりました」

「はぁ……」

笑顔の一つも見せず、姫宮はすらすらと言う。城之内はゆっくりと、姫宮の方に顔を向けた。

「なぁ、蓮……」

「はい？」

「あのさ……」

城之内は、いつもと変わらずに美しい恋人の横顔を見つめる。

「あの人……蓮にとって、どういう人？」

「どういうとは？」

姫宮は知的なまなざしで城之内を見やった。

「元主治医ですよ。それ以上でも、それ以下でもありません」

「…………」

望月は、明らかに姫宮の存在を知っていた。知っていて、訪ねてきたのだ。事実、彼は医師会の仕事で来たと言いながら、その話はまったくせずに帰っていった。

「望月先生さ、蓮がここにいるの、知ってたよな……」

「さぁ、どうでしょう」

姫宮はまったく意に介していない口調で、あっさりと言う。

「まぁ、僕の名前は変わった姓ではありませんが、どこにでもある姓でもないので、もしかしたらと思っていたかもしれませんね。僕は先生がこんなに近くにいることに、まったく気づいていなかったのですが」

「ほ、ほんとに？」

「本当も嘘もありません」

ばっさりと切り捨てて、姫宮は立ち上がった。すいと手を出されて、城之内はきょとんとして、恋人を見上げる。

「蓮？」

「帰りましょう。今日は冷えるとのことだったので、おでんを仕込んできました」

姫宮の手に空になったマグカップを渡す。

「うん」

単純だと思うが、姫宮が望月のことを『元主治医』とにべもなく言い捨ててくれたことが、何だか嬉《うれ》しい。

「おでん、すげぇ楽しみ。俺、味噌《みそ》だれがいいな」

「低温調理の鍋《なべ》に入れてきましたから、味が染みていると思いますよ」

姫宮はにこりと微笑む。それは、城之内にだけ見せてくれる極上の笑顔だ。たったそれだけで、城之内は幸せになってしまう。

〝俺って、わかりやすすぎ……〟

「さ、さっさと着替えてください」

姫宮は城之内の肩をぽんと軽く叩く。

「今日もあなたの運転で来ているんですから」

「はいはい」

二人は仲睦《なかむつ》まじく肩を並べて、プライベートルームのドアを開けたのだった。

ブラインドを上げた窓の外、黒い雲が驚くほどの早さで流れていく。

あたたかな風も強く吹けば、せっかく咲いた花びらをもぎ取っていく。

嵐《あらし》の予感があった。

ACT 3.

クリニックの玄関横には、一本の桜の木があった。

「ソメイヨシノですね」

すでに花は終わっていた。白い花びらはすべて散り、今は生き生きとした薄緑の葉が、風にふわふわと揺れている。

「ここにベンチ置いたの、正解だと思わないか?」

診療が始まる前、天気のよさに誘われて、クリニックの玄関に出てきたのは、城之内《じょうのうち》と姫宮《ひめみや》の二人だ。

「上から見ていると、もっと大きなイメージでしたけど、こうして見上げると、意外に葉っぱの間が空いていて、空がよく見えますね」

桜の下には、二人で座るとちょうどいいくらいの可愛《かわい》らしいベンチが置かれていた。二人でホームセンターに行った時に見つけたもので、城之内がすっかり気に入ってしまい、その場で買って、すぐにここに据え付けたのだ。

「樹齢はどのくらいなんでしょう」

　そっと桜の幹に手を触れながら、姫宮が言う。

「さぁな。俺のじいさんがここで開業した時に植えたものだとは聞いたけど。どっから移植したって話も聞いたし……まぁ、五十年くらいじゃないのか？」

「ざっくりですね」

　ちらりと視線を流す姫宮に、城之内は肩をすくめる。

「仕方ねぇだろ。俺が生まれる前の話だもん」

　この桜をこよなく愛したのは、城之内の母である。桜は意外に手入れの大変な樹木である。虫がつきやすいため、消毒が欠かせないのだ。そんなこともあって、父はここを建て替える時に切ることも考えたらしいのだが、母が離婚も辞さないような勢いで強硬に反対し、結局、桜は城之内に託されたというわけである。確かに切ってしまえば、玄関は明るくなるだろうし、手入れも必要なくなるわけだが、やはり溢《あふ》れるように咲く満開の花や、みずみずしい緑を見ると、これをなくすわけにはいかないと思ってしまう。

「そういえばさ……」

　城之内はベンチに座ると、上機嫌で美しい緑の梢《こずえ》を見上げた。

「夏みかんの花、咲いてるかな？」

「はい？」

姫宮がすっと視線を落とした。

「夏みかんですか？」

「だからさ」

城之内はにこにこしながら言う。

「英成《えいせい》学院の裏だよ。夏みかんの木があるって言ってただろ？　ゴールデンウィークに行くなら、ちょうど咲く頃だと思ってさ」

「英成の裏……」

少しの間、考えるような表情を見せてから、姫宮はああ……と頷《うなず》いた。

「そうですね……すっかり忘れてました」

「わ、忘れてた？」

ゴールデンウィークには、二人で英成学院のある町を再び訪れる予定だ。二人の思い出のホテルとも言える、素敵なプチホテルにも予約を入れてある。

「おいおい……」

「その件ですが」

姫宮があっさりとした口調で言った。

「すみません。今回はキャンセルということで」

「……はぁっ？」

思わず、間抜けな顔で、姫宮を見上げてしまう。

「……キャンセル？」

「キャンセル料が発生するなら、僕が払います。すみません。すっかり忘れていた僕のミスです」

何を言っているんだ、こいつは。

「キャンセルって……何か用でもあるのか？」

思いっきり間抜けな問いを発してしまう。姫宮は涼しげな微笑《ほほえ》みを浮かべて頷いた。

「はい。望月《もちづき》先生に、ゴルフに誘われまして」

何を言っているんだ、こいつは。何をっ！

「ご、ゴルフだと……っ」

「ええ。医師会のゴルフ大会があるそうで。これからもいろいろとお世話にならなければなりませんし、顔つなぎもしておいた方がいいだろうと。今、思い出してみたら、あなたとドライブに行く日程と丸かぶりでした」

さらっと言うな、さらっと！

「あ、あんた、ゴルフなんてできるのかよ……」

もそもそと言う城之内に、姫宮は軽く頷く。

「一応は。まぁ、しばらくやっていませんでしたから、一度くらい打ちっぱなしにでも行って、感覚を取り戻す必要はありますね」

「先生方、お仕事の時間ですよ」

師長の富永《とみなが》が出てきた。若いスタッフの多いこのクリニックで、唯一の年配者で、医師の二人を含めた、全員の母親的な存在だ。

「外が気持ちいいのは認めますが、まずは患者さんを診てくださいな」

城之内は無言のまま、立ち上がった。姫宮はいつもと変わらない涼しげな表情をしている。その美しすぎるポーカーフェイスが、妙に城之内を苛立《いらだ》たせる。

〝ちょっとは……申し訳なさそうな顔くらいしろ……っ〟

相手は姫宮である。いくら、城之内が駄々をこねても、絶対にゴルフをキャンセルして、旅行に行ってはくれないはずだ。彼は彼なりの考えに基づいて、望月の誘いに乗ったのだろう。何せ、独り立ちすると決めてからは、どんなに勧められても絶対に実家に泊まらない御仁である。それが中学一年の時からだというのだから恐れ入る。長期休暇の時にも、学校の寮にいたらしい。そんな頑固な恋人である。ねだるだけ無駄だ。

「……そのうち、埋め合わせはしますから」

いつになく柔らかい声で言われても、今の城之内は振り返る気にもならなかった。

「いらっしゃいませ」

バーのマスターの声は、いつも低く響いて、とても魅力的だ。

やる気のないカフェ&バーこと『le《ル》 cocon《ココン》』は、クリニックから歩いていける距離にある。

「……席、ある？」

「こちらへ」

カウンターのみ十二席のバーである。その奥まったところに、マスターはコースターを置き、席を作ってくれた。

「何にいたしましょう」

藤枝《ふじえだ》という名の物静かなマスターは、シェフとしてもパティシエとしても、なかなかいい腕をもっているらしいが、一番はやはりバーテンダーとしての腕だと思う。

「のんびり飲めるのがいい。ウイスキーベースで」

「すっきりとしたものの方がよろしいでしょうか？」

「……少し重めがいいかな」

「かしこまりました」

藤枝は頷くと、バックバーを振り返り、二本のボトルを選び出した。銀色に輝くメジャーカップで、ウイスキーとリキュールであるドランブイを同量計り、鮮やかに手首を返して、氷の入ったグラスの中に入れた。音も立てずにバースプーンでステアする。

「お待たせいたしました。ラスティネイルです」

シンプルなオールドファッションドグラスに、角を取った氷がきらめく。琥珀《こはく》色のカクテルを少しだけすすって、城之内はため息をついた。

「うん……甘い……」

蜂蜜《はちみつ》やハーブのリキュールであるドランブイの独特の香りと甘みに、ウイスキーの香味が相まって、身体《からだ》の奥からふうっと力が抜けていく感じだ。

ゴールデンウィークに入って、クリニックは連休になっていた。姫宮と二人で家にいるのだから、いちゃいちゃもし放題と思っていたのだが、なぜか姫宮はひどく忙しそうで、城之内のことなど構ってくれない。せっせと家中を片付け、作り置きの料理を作り、暇を見ては、ゴルフの打ちっぱなしに行く。

「ゴルフはされますか？」

つい一時間くらい前。晩ごはんを食べながら、姫宮が言った。彼が作ってくれたごはんは、鶏のクリームシチューだった。構ってもらえないことはわかっていても、彼の姿を見ていたくて、晩ごはんの支度をしている後ろ姿をずっと見ていた。彼のシチューは、ホワイトソースから作る。バターと小麦粉、牛乳で手際よく、ホワイトソースを作り、鶏もも肉とごろごろに切った野菜をたっぷりと入れて煮込んだシチューは、ミルクとバターの味がきちんとして、とても美味《おい》しかった。シチューというと、箱から出したルーを入れるものしか知らない城之内にとって、姫宮の作るシチューはとても美味しくて、食べる度に幸せになれるものだったのだが、今日は少しだけ味気ない。

「いや……。誘われたことはあったけど」

ぼそぼそと答える。

「スポーツはされていたんですよね？」

元気のない城之内に気づかないかのように、姫宮は尋ねてくる。仕方なく、城之内は答えた。

「陸上長距離だな。インターハイとかインカレ、一応出たよ」

サラダは、ブロッコリーと舞茸《まいたけ》をゆでて、塩昆布のドレッシングで和《あ》えたものだ。こっくりとした濃厚なシチューにさっぱりとしたサラダはとても美味しかったが、やはり気分は浮き立たない。

「あんた、ゴルフとかやってたんだな」

「一応は。しばらくやっていなかったので、打ちっぱなしに行ってきましたが、なかなかクリーンに当たりません。クラブのバランスなんかも調整したいところなんですが、そこまで時間がないので、おいおいにですね」

姫宮はさらりと言う。

「シチュー、少しバターが利きすぎてますか？」

「いや……すげぇ美味《うま》い」

城之内はぼそりと言った。

「腹が立つくらい……美味い」

「おかしな評価ですね」

にこりと微笑む美人の恋人は、まったく腹が立つくらいきれいで、このままスプーンを置き、テーブルを乗り越えて、襲いかかりたいくらいだ。

まったく……腹が立つくらい。

明日は早朝からゴルフだと、さっさと寝てしまった恋人を置いて、城之内はふらふらと家を出て、ここに流れ着いた。

「よぉ」

ついさっきのことを思い出して、ずーんと落ち込んでいた城之内がはっと我に返ると、いつの間にか隣のスツールに、一人の客が座っていた。

背が高く、しっかりと肩の張った男らしいプロポーションの持ち主は、インテリ臭い眼鏡がとんでもなくよく似合っていた。

「久しぶり」

「神城《かみしろ》先生……」

城之内はびっくりして目を見開いた。

「ほ、本当に、神城先生?」

「別に不思議じゃないだろ。ここは聖生会《せいせいかい》中央病院に一番近いおしゃれなバーだ。俺にふさわしいじゃないか」

神城尊《たける》は、聖生会中央病院付属救命救急センターに勤務する救命救急医だ。恐ろしく有能で、優秀かつアクティブでアグレッシブ。要するに、忙しく走り回るのが大好きというワーカホリックのドクターである。救命救急医に転科する前は、城之内と同じ整形外科医であり、今も執刀医として手術室にも入っている彼とは、学会などでもよく顔を合わせている。

「は、はは……」

城之内は力なく笑って、ぺこりと頭を下げた。

「ご無沙汰《ぶさた》しています」

「こちらこそ」

神城がにっと笑った。

「いやぁ、先生がいきなり開業したのにはびっくりしたけど、なかなか繁盛しているみたいじゃない」

神城は、シルキーな泡の立ったビアグラスを持ち上げて、城之内のグラスに軽く触れ合わせた。チンッと澄んだ音がする。城之内は慌てて、グラスを取り上げた。くっと一口、カクテルを飲む。

「ど、どうなんでしょうか。まぁ、とりあえず、スタッフにお給料は払えているし、俺も蓮《れん》……共同経営者の姫宮も、何とか食っていけてはいますが」

「評判いいぜ、おたく」

美味しそうにビールを飲みながら、神城は上機嫌で言った。そう言えば、城之内は神城が不機嫌なところを見たことがない。彼はいつも、テンションが高いままで安定している。ある意味、メンタル最強クラスである。

「前の城之内医院の時も、評判はよかったみたいだけど、城之内先生と姫宮先生に代わってから、ウチで手術したり、センターで診たりした患者が城之内クリニックに紹介してくれってのの、本当によく聞くよ。俺も何人か、紹介状書いてるし」

城之内は軽く頭を下げた。

「センターには、いつも患者を受けていただいて感謝してます。結構、無理聞いてもらって、ありがたいです」

「まぁ、開業医さんと病院は、持ちつ持たれつみたいなところがあるからな。上手《うま》いことつき合っていけるといいよな」

神城はそう言うと、くっと一気にビールを飲んだ。おつまみはビーフジャーキーだ。

「こら」

神城がのんびりとした口調で言った。

「勝手に、人のつまみを持っていくな」

え？　と城之内は首を傾《かし》げる。

〝俺、何もしてない……〟

神城の視線の先を追うと、彼の左側……城之内とは反対側の隣から、すっと手が伸びて、神城の前にあるビーフジャーキーを摘まんでいた。

「これ、美味しいんです。藤枝さん、自家製ですか？」

神城の隣には、小柄な青年がいた。可愛らしい感じの容姿なのだが、意志の強そうな、ちょっときかん坊な感じのきりりとした目をしている。たとえはおかしいが、子犬っぽい……それも日本犬の頑固な子犬っぽい雰囲気の持ち主だ。

「ええ。牛のもも肉で作ります」

マスターの藤枝が答えている。

「醬油《しょうゆ》にグラニュー糖、塩、日本酒、ビール……それにスパイスですね。これに、スライスしたもも肉を一晩漬けて、百五十度のオーブンでじっくり乾かします。マリネ液のレシピ、お教えしましょうか？」

「ぜひ。それと……」

どうやら神城の連れらしい、子犬っぽい青年と藤枝が話し始めたのを見ながら、城之内はそっと尋ねた。

「神城先生、お連れですか？」

「あ？　ああ……そうだよ」

神城は少しくすぐったそうな顔をして頷いた。

「可愛いだろ？」

「は、はぁ……」

神城はこういうキャラだっただろうか？　臆面《おくめん》もなく、連れを『可愛い』とか言うキャラだっただろうか。

「センターのナースなんだよ。俺と一緒に聖生会第二病院から叩《たた》き出《だ》されてくれた奇特なやつなんだ」

神城は『ドクターヘリのエース』と呼ばれる、一流の救命救急医だ。彼が聖生会内のドクターヘリを巡る病院間の綱引きに巻き込まれ、翻弄《ほんろう》されたことは、救命とは畑違いである城之内も、聖生会中央病院に非常勤医師として勤務していた時に、聞き及んでいた。もしも、城之内が彼の立場だったら、孤軍奮闘することには、たぶん耐えられなかったと思ったものだ。整形外科医である城之内は、手術という究極のチーム医療に携わっていたせいか『一人で』何かをするということに慣れていない。正直なことを言えば、今のクリ

ニック経営だって、姫宮がいてくれなかったら、腹をくれなかったと思う。

「先生と一緒にってことは……フライトナースですか？」

「ああ。死ぬほど優秀だぜ」

神城は、二杯目のビールを藤枝に注いでもらっていた。白濁したビールは、上面発酵のヴァイツェンだろうか。

手が空いた藤枝と、再び料理談義を始めた青年ナースを、神城は可愛くて仕方がないといった感じの表情で見ている。城之内はふと軽い違和感を感じた。

〝えと……これは……どういうことなのかな〟

神城と彼の連れは、明らかに年が離れている。二人きりで、こんな洒落《しゃれ》たバーに飲みに来るフランクな間柄というには、ちょっと無理があるような気が。

「あの……」

「なぁ……」

二人の発言はほぼ同時だった。思わず顔を見合わせて、そして、城之内は軽く手を延べて、神城に譲る。もそもそと「あ、いや……」などと言ってから、神城は観念したように、軽いため息をついた。

「……城之内先生さ、何かあった？　先生って、もっと元気な人だったよね。何か、こう……悩まないというか……」

「悩まない……」

確かに、あまり深刻に悩むタイプではなかった。でも、ちょっとひどくないか？

「俺だって、悩みくらいありますよ」

からりとグラスの氷を鳴らす。

「先生……先生って、ご結婚なさってましたっけ？」

「結婚？　いや」

苦笑しながら、首を横に振ってから、神城はふと気づいたように言った。

「結婚はしていないが……まぁ、したようなもんかなぁ」

「え？」

「一緒に暮らしてるやつがいるからな」

神城はさらりと、涼しい顔で言った。

「料理上手で、すげぇ可愛いやつ。まぁ……結婚してるようなもんだな」

うんうんと頷いている。

「で？　俺が結婚してることと、城之内先生の悩みと、どんな関係があるんだ？」

神城の手元に、びっくりするくらい美しいカクテルが供された。黒ビールと普通のエールを二層にしたカクテルだ。ハーフ&ハーフというらしい。神城の隣にいる青年ナースが勝手にオーダーしたのだ。グラスの上にスプーンを裏返しに置いて、バーテンダーの藤枝が見事な手さばきで作り上げたものである。

「……あ、俺も、それ飲みたいな」

藤枝にオーダーして、城之内は手元にあったグラスをゆっくりと空けた。

「神城先生は、その……一緒に暮らしている人の全部を知っていますか？」

神城は、二層のビールを崩さないように、ゆっくりとカクテルを飲んでいた。少しだけたゆたって、曖昧《あいまい》になり始めている二層のビールの境目がゆらゆらとしているのが、はかなく、きれいだ。

「全部を知っている？」

「その人が生まれてから今まで、どう過ごしてきたのかとか……」

城之内は姫宮がゴルフをすることを知らなかった。彼が日常生活が不自由になるくらいに、視力を落としたことがあったのを知らなかった。T大の眼科に主治医がいたのを知らなかった。

〝知らないことだらけだ……〟

「うーん……」

神城はこきこきと首を鳴らすような仕草を見せた。肩が凝る……そんな仕草だ。

「別に……知りたいとも思わねぇけどな」

「え……？」

「過去を知って、全部知ってどうするよ。知ったから、何か変わるのか？」

神城はちらりと視線を上げた。眼鏡越しの彼の視線は、驚くほど真剣で鋭い。

「何も変わりゃしねぇよ。今、目の前にいるこいつが……すべてだ」

神城はすいと手を伸ばすと、隣に座って、ハーフ&ハーフを作る藤枝の手元をじっと見ている青年ナースの頭を軽く撫《な》でた。

「な？　深春《みはる》」

「何ですか、もう……」

深春と呼ばれたナースは、うっとうしそうに言ったが、神城の手を払いのけるようなこともしなかった。

「……こいつだって、俺の今までの人生なんて、全然知らないと思うし、聞きもしない。俺の実家のことだって、俺が言わなきゃ、聞くこともないよ」

「先生の実家って……」

確か、神城の実家は、日本有数のコングロマリットの経営者一族だったはずだ。神城が纏《まと》っている独特のカリスマ性は、巨大企業を動かし続ける、その一族の血から来るものだろう。神城は、粋《いき》にウインクして、城之内の言葉を止めた。『言わぬが花』……そんな表情だ。

「お待たせいたしました。ハーフ&ハーフでございます」

城之内の前に、美しいカクテルが供された。

「こんな風に」

神城がふと言った。

「色も香りも全然違うのに、根っこが一緒な二人が、縁があって、半分半分を持ち寄って、一つになる。全部を持ってくることはない。半分だけ、持ってくればいい」

「神城先生……」

思わず見た神城の横顔は穏やかに、隣に座る深春と呼ばれた青年を見つめている。

「……そう思える相手なら、きっと過去なんか何も知らなくても、ずっとずっと一緒にいられる。そう考えることはできないか？」

わずかに滴を纏ったグラスを手にして、城之内は小さく細く息を吐く。

俺は何もかもを知りたい。

恋人の何もかもを知りたい。

自分以外の誰かが、自分以上に彼を知っていることを許せない。

〝俺は……心が狭いのかな……〟

ほろ苦いビールのカクテルを喉《のど》に運んで、城之内は思考の迷路に迷い込んでいた。

ACT 4.

腹が立つくらい、空は晴れていた。いっそのこと、雨でも降ってくれればいいのにと思ってしまう自分は、やっぱり心が狭い。

「夕方には戻りますから、一緒に夕食を食べましょう」

姫宮《ひめみや》はそう言い置いて、ゴルフに出かけていった。ちらっと見たゴルフバッグはイニシャル入りのオーダーものだった。クラブも使い込んだ印象のあるフルセットだ。

〝本当にゴルフやってたんだな……〟

何だか別れがたくて、玄関まで送りに出ると、広すぎる玄関前のポーチに、すっきりとしたフォルムのワンボックスカーが駐《と》まっていた。艶《つや》やかなメタリックブラックの左ハンドルから降りてきたのは、すらりとした美丈夫である。

「おはようございます、城之内《じょうのうち》先生」

深く響く声で言って、望月《もちづき》は姫宮からゴルフバッグを受け取り、リアシートに積んだ。

「それでは、蓮《れん》くん……いやもう、姫宮先生かな」

「先生にそんな風に呼ばれると、何だかくすぐったいですね」

姫宮はくすりと、見たこともないほど穏やかに笑って、するりと高級車に乗り込み、早朝の爽《さわ》やかな空気の中に消えていったのだった。

「あー、つまんねぇ……っ！」

とりあえず、洗濯と簡単な掃除を済ませてしまうと、もうやることはなくなってしまった。広い家だが、今使っているのは、水回りとリビング、城之内と姫宮の私室だけだ。掃除もそのあたりをちゃちゃっとやってしまえば終わりである。

「何しよう……」

「そんなに暇なら、物置の整理でもしろよ」

唐突に声をかけられて、城之内は悲鳴を上げそうになった。

「あ、兄貴……っ」

いつの間に入ってきたのか、リビングのドアのところに、呆《あき》れた顔をした兄の健史《たけし》が立っていた。城之内より二つ年上の健史は、姫宮が卒業したのと同じ、中高一貫教育の英《えい》成《せい》学院から薬学部に進んだ。大学を卒業した後は厚生労働省に入省し、麻薬取締官《まやくとりしまりかん》として数年間を過ごした後、製薬会社のMRに転職した。今はトップMRとして、豪腕をふるっている。

「せっかくの連休だってのに、何ゴロゴロしてるんだよ。天気もいいんだし、どっか遊びにでも行けよ」

涼しげなブルーのコットンセーターにジーンズ姿の兄は、よく似合うスーツ姿を見慣れているだけに、ちょっと新鮮だ。

「一人で出かけたっておもしろくねぇよ」

城之内は寝転がっていたソファから、もそもそと起き上がった。

「何だよ、兄貴。何しに来たんだよ」

「ご挨拶《あいさつ》だな」

健史は提げていた保冷バッグをテーブルに置いた。ファスナーを開けると、冷たいビールが顔を出す。

「つまみはあるって、蓮が言ってたけど」

学校の後輩である姫宮を、健史はファーストネームで呼ぶ。

「あ？　ああ……そういや、チーズとかナッツをまとめて買ってたな……」

キッチンの戸棚を探すと、チーズにナッツ、クラッカーがしまわれていた。それを取り出し、やはり姫宮がきちんと片付けてくれていた食器棚を開けて、皿を出し、つまみを適当に盛る。

「きれいに片付けたなぁ……」

後ろにいた健史が感心したように言った。

「前よりずっと使いやすく片付いてる」

「そういや、休みに入ってからずっと、何だかんだ片付けてたな」

「おまえ、手伝わなかったのかよ」

健史が呆れた口調で言う。

「役立たずの旦那《だんな》みたいなやつだな……」

「仕方ないだろうが」

キッチンと続きになっているリビングに、つまみを運ぶ。

「俺、家事とか全然だめなんだから。てかさ、蓮の家事能力の高さがおかしいレベルなんだよ。あいつ、セレブな育ちのはずなのにさ」

リビングのソファにくつろいで、兄弟は昼間の酒宴としゃれ込んだ。どちらも酒は強い。ビールを開けて、姫宮が用意しておいてくれたチーズやナッツをつまみに飲み始める。

「ところでさ」

健史が買ってきてくれたのは、いろいろなクラフトビールだった。缶も可愛《かわい》いし、味も濃くてなかなかだ。

「……兄貴、望月……望月侑《たすく》先生って、知ってるか？」

「望月？」

少し視線を遊ばせて考えてから、健史はああと頷《うなず》いた。

「謎《なぞ》の人だな」

「な、謎の人？」

ソファの背もたれにぐっと寄りかかり、長い足を組んで、健史は言った。

「T大の眼科……弱視とか斜視を専門に診ているところで、確か准教授までいってたんだよ。もう教授は目の前だった。次の教授選で間違いなく勝ってたはずなのに、突然退官して、縁もゆかりもないと思われていたここで、小さなクリニックを開業したって聞いてる。七年くらい前かな」

「繁盛してんのか？」

城之内の問いに、健史は頷く。

「俺も担当じゃないから、噂《うわさ》程度にしか知らないけど、まぁまぁかな。ここらへんは眼科が少ないから、そこそこ患者は来てるみたいだよ。でも、まぁ、T大の准教授だった人だからな、もっと都会の派手なところで、大々的に開業してもよさそうなもんだし、実際、そういう誘いも多々あったとは聞いてる」

城之内はゆっくりとビールを飲んだ。ネコのパッケージが可愛いビールは、苦みが少なく、するすると飲めてしまう。

「ところで、蓮は？　つまみがあるから、ビール買って遊びに来いって言われたんだけど」

健史がのんびりと言った。どうやら姫宮は、城之内が暇を持て余すのはわかっていたらしい。話し相手に、健史を召喚したというわけか。

「……医師会の親睦《しんぼく》ゴルフコンペだってさ。その謎の人が高級外車で、直々に迎えに来たよ」

不機嫌に答えると、健史がさもありなんと頷いた。

「まぁ……蓮のゴルフの腕を知っていれば、確かに誘いたくはなるわな。あれはプロ並みだから」

「え？」

健史の言葉に、城之内はきょとんと目を見開いた。

「プ、プロ並み？」

「何だ、知らないのか？」

逆に、健史の方が驚いた顔をしている。

「知らないって……ゴルフできるってのは聞いたけど。だから、望月先生に、顔つなぎの意味もあるから、ゴルフコンペに出ておけって言われたって……」

「そういうレベルじゃないよ、蓮は」

健史は二本目のビールを開けている。城之内も酒には強いが、兄の強さはまた格別だ。

いくら飲んでも、毛筋ほどの乱れも見せない。

「あいつ、子供の頃からゴルフやってるよ。たぶん、今でもシングルの腕はキープしてるんじゃないのかな。俺は一緒にやったことないけど、一緒にラウンドしたやつに言わせると、優雅できれいなフォームなんだそうだ。それでいて飛距離は出る。小技も利く。単純に『上手《うま》い』と思わせるゴルフをするって言ってたな」

「……知らなかった」

城之内はぼそりと言った。

「いや、医者でゴルフするやつは多いから、そういうレベルかと……」

しかし、よくよく考えてみれば、中高生の頃の主治医であった望月が知っていたのだ。子供の頃にゴルフをやっていたと考える方が自然である。

「いやいやいや、ググれよ」

健史が笑う。

「あいつ、確かジュニアで国際大会にも出てるし、国内では何度か優勝もしてる。英成にいた頃、ゴルフの天才少年って、有名だったんだ。てか、おまえが知らなかったことにびっくりだよ」

健史は軽い調子で言ったが、すでに城之内はその言葉を聞いていなかった。

〝俺……本当に蓮のこと、何にも知らないんだ……〟

彼に惹《ひ》かれた。彼を初めて認識した時、その強い輝き……清廉なオーラとほの白く、ふわりときらめくような美貌《びぼう》に、一瞬で魅入られた。しかし。

〝俺は……蓮のことを知りたい……すべてを手に入れたいと思っているのに……〟

彼と向かい合うと、言葉をなくしてしまう。ただ彼に触れて、その甘い体温に身体《からだ》を埋《うず》めたくなってしまう。

〝俺は……蓮のことを本当に……愛しているって言っていいのかな……〟

彼のエレガントな美貌としなやかな身体にだけ惹かれている……彼を『快楽の相手』としてしか認識していない。

〝俺……〟

自分の心のありどころがわからない。これから、彼とどう向き合っていけばいいのかがわからない。

「聡史《さとし》？」

ふと気づくと、兄が心配そうにこっちを見ていた。

「おまえ……大丈夫？」

「え？」

「何か、すげぇ顔してたぞ。眉間《みけん》にがーっと皺《しわ》寄せてさ。悩みまくってますって顔。おまえ、開業を決める時にも、そんな顔しなかったぞ」

「い、いや、別に悩んでなんか……」

引きつった笑いを浮かべながら、城之内は二本目のビールに手を出す。その手が微《かす》かに震えていることを自覚しながら。


ふと目覚めると、すでにリビングのフローリングには、カーテンの長い影が落ちていた。濃い蜂蜜《はちみつ》色の光がソファの足元にまで届いている。

「眠っちまった……」

兄と昼間から飲んでしまった。その兄も、もう帰ってしまったらしく、家の中はしんとしている。

「やべ……っ」

散らかしたままにしていては、パートナーに叱《しか》られてしまうと慌てて起き上がったが、兄がきちんと片付けてくれたようで、ビールの缶は缶を捨てるペールの中にまとめられ、つまみを盛った皿もきれいに洗われて、シンク横のカゴにきちんと重ねられている。

「俺、ほんと役立たず……」

がっくり落ち込んだところに、玄関のドアが開く気配がした。立ち上がる気力もなく、ソファに沈んでいると、軽い足音がして、ふわっと空気が動く。

「ただいま戻りました」

爽やかな声。そして、懐かしささえ感じる彼の香り。

「……おかえり」

姫宮はなぜか大きめの紙袋を提げていた。

「望月先生は？」

城之内が尋ねると、彼は少し首を傾《かし》げる。

「お帰りになりましたよ。玄関までは送っていただきましたが」

「……晩メシとか、一緒でなくてよかったのか？」

言ってからしまったと思ったが、姫宮はすいと聞き流す。

「おみやげを買ってきました。さすがに名門ゴルフ場だけあって、レストランも豪華でしたよ」

提げていた紙袋をテーブルに置くと、ワインやドレッシング、ソースなど、さまざまなおみやげを取り出す。

「そっか」

城之内はもそもそと立ち上がった。何だか、腹がいっぱいだから、

「俺、兄貴と飲んじまってさ。風呂《ふろ》入って寝るよ」

「……先輩、いらしたんですか」

姫宮が『先輩』と呼ぶのは、英成学院の先輩である健史だ。そんなこともちくりと引っかかってしまう自分に、城之内は驚いていた。

〝俺、たぶん嫉妬《しっと》に満ち満ちた顔してる〟

「あんたが呼んだんだろ。じゃ、お疲れ。おやすみ」

姫宮の顔を見ないようにして、城之内はすっと部屋を出た。

ふわふわのブランケットに顔を埋め、息を殺していると、密《ひそ》やかな足音が聞こえ、ドアが開いた。

「……本当に寝ていたんですね」

柔らかな声。そして、城之内が被《かぶ》っているブランケットにそっと手が置かれる。微かに伝わってくる優しいぬくもり。

「今日は約束を破ってしまって、申し訳ありませんでした」

ベッドの片端がすっと沈んで、姫宮がそこに座ったことがわかった。

ここは姫宮のベッドルームだ。彼が持ち込んだベッドは高価なオーダーベッドで、ものすごく寝心地がいい。城之内の部屋にも、学生の頃から使っているセミダブルベッドがあるが、寝心地が段違いなので、姫宮と同居するようになってからは、いつもこのベッドで寝ている。今日も何も考えずに、このベッドに潜り込んでしまった。

「あなたが、僕との小さな旅行をそんなに楽しみにしてくださっているとは思っていなかったんです」

姫宮のいつになく優しい声。いつものクールに切り裂いていくナイフのような鋭さはなく、ただたゆたうように柔らかな声。

「もう、あなたとの約束は決して破りません。僕には……何かが欠落しているんです。よく、物事の順番や優先順位を間違えてしまう」

彼の手がそっと離れていく。

「一つずつ覚えていきますから。少しだけ立ち止まって、待っていてください」

〝蓮……〟

今、ここでブランケットを剝《は》いで、そして、彼を抱きしめたら、きっと時間は動く。二人の間で止まってしまった時間はきっと動く。

「……おやすみなさい」

しかし、城之内は動けない。

自分の知らない姫宮がいる。望月の中に。そして、健史の中に。

自分でも驚くくらい、城之内はそれが許せず、寂しかった。

ゴールデンウィークが終わって、クリニックの仕事は通常に戻った。

「休み明けはやっぱり患者さん多いですよねぇ」

ナースの南《みなみ》がため息をつきながら言う。

「みんな、お休みに遊びすぎ！」

「人のこと言えるのかよ」

城之内は、ドクター用の椅子《いす》にふんぞり返って言った。

「ご自慢の美貌に疲れが見えるぜ、南」

「えっ！」

慌てて、鏡を見に飛んでいくのが南である。

「何やってんの……？」

そこに現れたのが、ナースの柴《しば》だ。南と同い年で、看護大学時代からの友人だという柴は、明るくちょっとそそっかしい南とは対照的に落ち着いたお姉さんキャラで、二人はなかなかいいコンビである。

「美貌に陰りが見えたのがショックだそうだ」

城之内は少し笑って言った。

「どうした、柴」

四人いるナースは、一階の整形外科と二階の内科をローテーションする。今日の柴は、内科の担当だったはずだ。

「患者さんをご案内してきたんです」

柴は失礼しますと言って、スリープになっていた電子カルテを起動し、一人の患者のカルテを開いた。クリニックのカルテは一人一つで、整形外科と内科、二つのタブがある。その内科タブを選ぶ。

「この方なんですけど」

「内科の患者？」

「内科にいらしたんですけど、姫先生が若先生に診ていただいた方がいいんじゃないかと仰《おっしゃ》って」

城之内はカルテを覗《のぞ》き込《こ》んだ。

「……何だよ、もともと胃潰瘍《いかいよう》でかかってたんじゃないか」

「ええ」

処方を見ると、プロトンポンプ阻害薬や胃壁保護剤が出ていて、明らかに胃潰瘍だ。

「ずっと内科にかかられていた方で、今日は腰が痛いので、腎臓《じんぞう》じゃないかと仰っていて」

「はぁ？」

城之内は柴を見上げた。

「姫先生は、その患者さん診たの？」

「いえ。診察してしまうと、コストが発生してしまうので、まず整形外科で診ていただいてからの方がいいんじゃないかと」

城之内はカルテをスクロールした。この患者は、母が内科を担当していた頃からずっとかかっていて、何度か腰痛を訴えていた。それに対して、母は消炎鎮痛剤を処方していた。

「……前にも腰痛でかかってて、そっちで処方切ってるじゃないか」

「ええ。でも痛みがひどくて、いつもと違う感じがするということなので」

「いつもと違うなら」

城之内は柴の言葉を遮るように言った。

「それこそ、腎結石とか尿管結石を否定してから、こっちに回せよ」

意外なくらい強い城之内の言葉に、柴と鏡を見終わってこちらに来た南がびっくりしている。

「若先生……どうしちゃったの？」

「患者を診ずに判断するなって言ってんだよ。それこそ、たらい回しだぞ」

城之内はカルテを閉じた。

「内科でまず診ろ。内科疾患を否定してから、こっちに回せ。それが患者が納得する順番だ」

「え、でも……」

柴が困ったように、南を見る。

「患者さん、もうこっちにいるし……」

「勝手に連れてきたんだろ。俺は診るとは言っていない」

妙に苛立《いらだ》っていた。

〝電話の一本くらいよこせよ……っ〟

姫宮が二人の旅行をキャンセルして、ゴルフに行くと決めた日から、少しずつ二人の間はギクシャクし始めていた。いや、正確に言うなら、城之内の方が、姫宮にどう接していいかわからなくなって、何となく避けてしまっていたのだ。

「内科で診てから……」

「患者さんをあちこちと動かすのは、感心しません」

涼やかな声が聞こえ、城之内はびくりとして顔を上げた。

「蓮……」

すっと静かに現れたのは、姫宮だった。いつものように、淡いブルー系のネクタイをきちんと締め、プレスの効いたハーフ丈の白衣を着ている。一分の隙《すき》もない姿だ。

「姫先生……」

「いつも言っていますが」

姫宮がちらりと南を見た。

「言葉を節約しないでください。僕は姫宮です」

「はい……」

彼はつかつかと歩いてくると、城之内のすぐ傍《そば》に立った。ふわっといつものいい香りがする。彼がつけているのは、グリーンノートの爽やかなトワレだ。

「連絡をせずに、こちらに患者を回したことは謝罪しますが、診ないというのは言いすぎではありませんか？　ここは大きな病院ではありません。いちいち復券を書かなければ診ないというのは、やりすぎではないかと思います」

復券とは、院内における紹介状で、病院内でやりとりされるものだ。

「復券をよこせなんて言ってない。ただ、ちゃんと患者を診て、内科疾患を否定してから、こっちに回せと言っているだけだ」

「院長先生」

姫宮がひんやりとした声音で言う。

「訴えは腰痛です。先に整形外科で診る方が順番として正しいと思いますが？」

クールな切り口上は、姫宮の得意技である。これが炸裂《さくれつ》すると、城之内は言葉を失ってしまう。

「それでは、僕が先に診れば問題はないわけですね？」

「そんなこと……っ」

「言っているじゃないですか」

叩《たた》き落《お》とすような鋭さで、姫宮は言った。大きな声でもないし、荒っぽくもないのだが、その声のぞっとするような冷たさに、彼の中にあるクールな理知を感じる。

「南さん」

ふいに、姫宮はくるりと身体の向きを変えた。

「は、はいはいっ」

「返事は一度で結構。整形外科には、ここ以外に患者さんを診られる場所はありますか？」

姫宮の問いに、南はこくこくと頷いた。

「こ、この隣に処置室があります。ベッドもありますので」

「わかりました」

姫宮は頷いた。

「それでは、そこで僕が患者さんを診ます。あ、診察の前に検尿をしてください」

「検尿？」

「潜血を見たいので」

「あ、はいっ」

南は頷き、検尿コップを一つ取ると、廊下に飛び出していった。姫宮は再び身体の向きを変えると、城之内を見下ろした。明るい栗色《くりいろ》の瞳《ひとみ》がほとんど半眼になっている。

「患者さんをいちいち二階に上げるわけにもいきませんので、ここで診察させていただきます。よろしいですね？」

「……事後承諾じゃねぇか……」

「何か仰いましたか？」

「いいえっ」

城之内はふんと顔を背けた。

「勝手にしろ」

ビューワーには、腰のレントゲン写真が表示されている。

「圧迫骨折も横突起骨折もなし……と」

拡大や反転をして、レントゲン写真を十分に吟味してから、城之内は言った。

「じゃ、ちょっと診ますね」

ベッドにうつ伏せになった患者の背中を、上の方からゆっくりと拳《こぶし》で叩いていく。

「痛くないですか？」

「はい……」

そして、臀部《でんぶ》を片手で押さえると、膝《ひざ》を軽く曲げた患者の足首を摑《つか》んで、くっと上に持ち上げる。腰部椎間板《ついかんばん》ヘルニアを診断するＦＮＳ（大腿《だいたい》神経伸展）テストだ。

「痛みは？」

「腰だけ……です」

ハンマーを手にして、軽く腱《けん》反射を見てから、患者を仰向けにする。今度は膝を伸ばしたまま、足首を摑んで、持ち上げる。ＳＬＲ（下肢伸展挙上）テストである。これもヘルニアの診断に使う簡便な検査だ。

「脚の方は痛くない？」

「腰だけです」

患者は壮年の男性だった。姫宮が診察した結果、尿潜血も陰性であり、泌尿器疾患の可能性は薄いということで、整形外科の診察となったのである。

「最近、重いものを持ったり、ずっと同じ姿勢をしたりしてませんでしたか？」

患者を診察用の椅子に誘導して、城之内は言った。患者はしばらく考えてから、ああと頷く。

「そういえば、バス旅行に行きました。ずっとバスで座ってました」

〝それだよ……〟

内心のため息を押し殺して、城之内は言った。

「ずっと同じ姿勢を取っていると、筋肉に負担がかかって、こんな風に痛みが出ることがあります。筋・筋膜性腰痛症というんですけどね」

「あの、ヘルニアとかじゃ……」

「診察した限りでは、ヘルニアの症状はありませんね。心配ないですよ」

城之内は患者にそう言い、安心させるようににこりと微笑《ほほえ》んだ。

「今日は軽い痛み止めと湿布を出しておきますので、それで様子を見てください。それと、無理をしないこと。それで痛みは取れてくると思いますよ」

ようやく安心した様子で頷いた患者を診察室から送り出して、城之内はため息をつく。

「……次は？」

「いません」

南がぴしゃんと言った。

「先生、患者さん減っちゃいますよ」

「え？」

意外な言葉に、びっくりして見ると、南はつんとそっぽを向いた。

「姫先生、患者さんの負担にならない方向でいろいろ考えてくれたのに、先生、それを全部無駄にしちゃったじゃないですか。開業医失格ですよ」

　厳しい言葉だった。能天気で明るい南から突きつけられた、意外な評価。

「南……」

「先生は大きな病院しか知らないから、手続きとかにこだわるんだと思いますけど、開業医はそんなこと言ってらんないんです。来てくれた患者さんを大事にして、次にまた頼って、来てくれるようにしないとならない。私たちは、前の院長先生にそう言われてきました」

　淡々と南は言う。

「大学病院みたいに、患者さんが来るのを待ってるわけにはいかないんです。来てくれた患者さんを離さないようにしないといけない。サービスしろとまでは言いませんけど、患者さんに嫌な感じを与えてはいけないと、私たちは院長先生や副院長先生に言われてきました。若先生は、その基本がわかっていないようにしか、私には思えないです」

「南さん」

　そこにすっと入ってきたのは、師長の富永《とみなが》である。

「仕方ないでしょ。若先生は、まだ開業されてから一年しか経《た》っていないんだから。よくやっていらっしゃると思うわよ」

いたたまれなくなって、城之内は視線を外に逃がす。ブラインドを上げられた窓の外は、すでに黄昏時《たそがれ》だ。茜色《あかねいろ》の夕焼け空の下に、ダークグレイの雨雲が盛り上がっているのが見える。もうじき、穏やかな黄昏は、嵐《あらし》の中に巻き込まれる。もうじき、雨が降る。激しい雨が降る。

「……患者いないなら、俺、三階にいるから」

城之内は立ち上がり、静かに診察室を出た。いつもは階段で上がり、二階を少し覗いてから三階に上がるのに、今日はエレベーターを使う。

そっと開けたプライベートルームに、姫宮の姿はなかった。アコーディオンカーテンを閉めようかと手を掛けて、やはりやめる。

「……ごめん」

やはり、彼の姿は見ていたい。好きで好きで仕方がないから。

好きだから、気持ちを整理できない。好きだから、心のおさめどころがわからない。

外は雨が降り始めたようだ。窓に当たり、そして、力なく滑り落ちていく雨粒を見つめて、城之内は細く息を吐く。

この恋はどこに向かうのだろうかと思いながら。

ACT 5.

聖原《みはら》市医師会が夜間診療に使っているのは、すでに廃院になった診療所の建物だった。

「廃院っていうから、どんな廃墟《はいきょ》かと思ったら」

まだ新しいドクター用の椅子《いす》に座ってそう言った城之内《じょうのうち》に、『菅原《すがわら》』のネームプレートをつけたナースが笑っている。彼女は医師会が雇っている夜間診療のみのパートである。

「廃院になってから、すぐに医師会が借り上げて、毎日使っているわけですから、廃墟感はないと思いますよ」

さすがに電子カルテは導入されておらず、昔懐かしい紙カルテだが、椅子もテーブルも診療用のベッドも比較的新しいもので、居心地は悪くない。

夜間診療は当番の医師一人に、パートのナース一人とやはりパートの事務員一人の三人体制だ。その三人で、午後七時から十時までをカバーする。近くに聖生会《せいせいかい》中央病院付属救命救急センターがあるため、受診者は決して多くないが、センターは混み合《こあ》っていることが多く、軽症だと待ち時間も長くなるため、ちょっとした風邪や外傷だと、センターではなく、こちらを受診する患者もいる。

「先生、コーヒーでもおいれしましょうか」

事務員がひょいと顔を出した。医師会の事務と兼務している年配の男性事務員だ。

「いや、コーヒーは持ってきたからお構いなく。ここ、Ｗｉ－Ｆｉは使える？」

「はい、先月整備しました。これ、パスワードです」

メモを渡された。

「サンキュ」

城之内が持ってきたタブレットにパスワードを打ち込んで、ネットに接続した時だった。玄関のインターホンが鳴った。

「はいはい」

事務員が応答するために、事務室に戻っていき、診察室は城之内と菅原の二人になった。

「城之内先生は、姫宮《ひめみや》先生とご一緒にクリニックを経営されているんですよね？」

「あ、ああ……」

いきなり姫宮の名前を出されて驚いたが、そう言えば、ゴールデンウィークが終わってすぐに、城之内と姫宮は夜間診療のローテーションに入り、先に姫宮がその当番を済ませたのだ。

「姫宮先生って、聖生会中央病院にいらしたんですよね」

「ああ。あそこの内科に結構長くいたらしいけど」

「私の義母が入院したことがあって……」

菅原が言いかけた時、診察室の電話が鳴った。受診者の疾患や症状が担当医が専門としている診療科とは限らないため、ある程度の症状を受付で聞き、診察するかどうかを事前の内に問い合わせてくることがあるのだ。

「はいはい」

菅原が受話器を取った。

「はい……はい、わかりました。ちょっと待ってくださいね」

そして、城之内に向き直る。

「先生、階段を踏み外して、膝《ひざ》を痛めた方だそうです」

「診るよ」

整形外科の患者だ。開けかけていたコーヒーのタンブラーを片付ける。菅原が診察することを告げると、間もなく患者が案内されてきた。

「お願いします」

患者の名前だけを入れたカルテも届けられる。

「はい」

何気なくカルテの表紙を見た城之内は、軽く首を傾《かし》げた。

「え？」

顔を上げて、ベッドに座った患者を見る。まだ若い学生風の男性だ。

「早瀬真希《はやせまき》って……おまえ……」

まだ五月なのに、よく日に焼けた伸びやかな肢体。両手で包み込めそうなくらい小さな顔は、青年というより少年の可愛《かわい》らしさだ。いつも笑っているような口角の上がった口元と睫毛《まつげ》の長いくるんと大きな瞳《ひとみ》に見覚えがあった。

「東興《とうこう》大の早瀬だろ？」

「え？　あ、あれ？」

早瀬と呼ばれた青年は、素《す》っ頓狂《とんきょう》な声を上げた。

「な、何？　城之内先生？　え、何で？」

「何でって」

思わず、笑ってしまう。

「俺は医者だぞ。診療所にいたって、ちっともおかしくないだろうが」

「そ、そうだけどさ。ああ、びっくりした……」

早瀬真希は、東興学院大学医学部の学生で、体育会系陸上競技部に所属するスプリンターでもあった。城之内は、自身が学生時代に長距離ランナーだったため、医師になってからも何かと陸上部の面倒を見ていた。その中に、早瀬もいたのだ。早瀬は百メートルをメインとするスプリンター、城之内は一万メートルを主戦場とするランナーという違いはあったが、トラック競技という共通点はあったので、陸上部でトレーナーの真似事《まねごと》をしていた城之内は、早瀬の身体《からだ》のケアの他に、メンタルケアもしていた時期がある。開業が決まり、東興学院大を退職してからは、当然のことながら、陸上部からも足が遠のいていたのだが。

「とにかく、診るぞ」

城之内は、早瀬のすらっと伸びたスプリンターらしい脚を見た。日に焼けた脚は、右の膝が少し腫《は》れている。

「階段から落ちたって？」

脚を抱えるようにして、軽く膝を揺さぶる。

「いてて」

「インスタビリティ（不安定性）……やや＋ってとこか」

「げ。靭帯《じんたい》切れてる？」

「ちょっとゆるいけど……おまえの場合、もともとゆるいからなぁ。プンク（穿刺《せんし》）してみりゃ、わかるけど？　やるか？」

「えー、痛いのやだよ」

子供のように言う早瀬に、菅原が笑っている。

「赤ちゃんみたい。学生さん？」

「はい。これでも医学部の学生です。今、五年生です」

早瀬はえへへと笑っている。

「あら、じゃあ、城之内先生の後輩ね」

「でも、俺、整形じゃなくて、小児科に行きたいんで」

「菅原さん、湿布して、エラスコット3号で固定。早瀬、おまえ、この辺に住んでんのか？」

城之内は診察を終えると、カルテに向かった。紙カルテを書くのは、一体何年ぶりだろう。スペルが怪しいが、カルテはだいたい読めて、意味が通じればいいと思っているので、いちいちスペルの確認はせずに、ささっと書き上げる。

「ううん、母親の実家なんだ。ばーちゃんが寂しがるんで、たまに来ているんだけど、ばーちゃんに二階から荷物下ろしてくれって頼まれて、足元見えない状態で階段降りてたら、三段くらい踏み外しちゃって」

「おまえ、もともと右膝に爆弾あるんだから、大事にしろよ」

城之内に言われて、早瀬が神妙に頷《うなず》く。

「……気をつけてたんだけど」

「まぁ、ケガをしたくてするやつはいないからな。おまえ、暇見つけて、クリニックの方に来い。一回MRI撮ってみた方がいいし、PT（理学療法士）から、ちゃんとトレーニング指導受けた方がいい」

くるくると菅原が手際よく包帯を巻いてくれる。

「じゃ、痛み止めと湿布出しておくから、無理しないようにな。とりあえず、俺のところでなくていいから、どこか整形外科にかかってから、運動は再開すること。一週間後くらいに、どっか行け」

「はぁい」

早瀬は素直に頷く。

〝そうだった……こいつ、ぽんぽん言うんだけど、根っこのところは素直で可愛いんだよな〟

彼もまた、東興学院の『生え抜き』だった。『生え抜き』とは、幼稚園から東興学院に在籍している者を言う。そんなことまで、何となく思い出してしまった。

「先生、相変わらずかっこいいね」

ベッドから降りながら、早瀬がにこにこと言う。

「全然、陸上部に来てくれなくなったと思ったら、先生、いつの間にか大学やめちゃってて、俺、すげぇショックだったんだから」

「何言ってるんだか」

城之内は手を伸ばして、軽く早瀬の尻《しり》を叩《たた》く。

「俺が行くと、ごちゃごちゃ言われるのが嫌だって、逃げ回ってたの誰だよ」

「えー、逃げ回ってなんかいないよ。俺、先生大好きだもん」

「なーにが大好きだ。いいから、今日はとっとと帰って、おとなしく寝ろ。あ、風呂《ふろ》はやめとけよ。腫れがひどくなるからな」

「はーい」

素直に返事をして、早瀬はぺこりと頭を下げた。

「ありがとうございました。ところで先生、今、どこにいるの？」

「あ、そうか」

同じ医者なら、城之内が開業したことは知っていただろうが、学生には、なかなか情報は回らないだろう。

「ここから歩いて十五分くらいか。城之内・姫宮クリニックってところだ。ウチに帰ったらググれ」

「え？ お城の病院？」

早瀬がびっくりしたように、大きな目を見開く。

「あそこ、先生んち？」

「何だよ、知ってたのか？」

早瀬はこくこくと頷く。

「俺、子供の頃、診てもらったことあるもん。でも、あの時はおっかない女の先生だったけど」

「そりゃ、俺の母親だ」

城之内は笑った。

「今は、俺と姫宮っていう医者の二人でやってる。遊びがてら来るといい」

「わかった」

廊下から人の話し声が聞こえる。どうやら、次の患者がいるらしい。早瀬も気づいたらしく、もう一度ぺこんと頭を下げた。

「ありがとうございました、先生」

そして、にこっと人懐こく笑う。

「じゃ、絶対に行くね、先生のところ」

屈託のない可愛い笑顔。素直で、考えていることをすべて口にしてしまう真《ま》っ直《す》ぐさ。

〝そうだった……こいつ、本当に可愛いんだったな……〟

すうっと閉じかけたドアから、手をひらひらと振る早瀬を見送って、城之内はぼんやりと考えていた。

クリニック三階のプライベートルームは、かなりの広さがある。二室をぶち抜いているのだから当たり前なのであるが、その広さが寂しいと思ったこともあったのに、今は少しだけありがたい。

「朝ごはんくらい、食べられる時間に起きてください」

車をスタッフ用の駐車場に置いて、プライベートルームに入ると、すぐに姫宮の声が飛んできた。

「……朝はもともと弱いんだ」

姫宮がゴルフに出かけた日から、すでに二週間ほどが過ぎていた。ようやくゴールデンウィークのお休み気分が抜けて、日常が戻ってきた感じだ。しかし、城之内の頭はまだ本調子ではない。いろいろな感情が渦を巻いていて、正常な思考能力が浸食されている感じである。最初は朝ごはんを姫宮と一緒に食べていたのだが、ここ数日はどうしても朝起きられず、顔だけ洗って、のそのそと出勤する羽目に陥っていた。

〝まずいよな……やっぱり……〟

「まだ少し時間がありますから、食べてくださいね」

そう言って、姫宮はテーブルに紙袋を置くと、自分のエリアに置いてあるロッカーの前に行き、着替え始めた。彼がこちらに背を向けているのを確認して、そっと紙袋を開ける。

「サンドイッチだ……」

姫宮の作るたまごサンドは、城之内の好物だ。薄めのパンに、塩気の強いエシレのバターを塗り、手作りマヨネーズで和《あ》えたゆで卵がたっぷりと挟んである。もう一つはハムサンドで、薄いハムを丁寧に刻んで、これもまたたっぷり挟んであった。

「僕は先に行っていますから、ゆっくり食べてから外来に降りてください」

素っ気ない口調で言って、姫宮はプライベートルームを出ていく。

「……ごめん」

閉じたドアに向かって、小さな声で謝ってから、城之内はソファに座り、姫宮が作ってくれたサンドイッチを食べる。

「……美味《うま》い」

ちゃんと話をしなければならない。自分が勝手に一人でぐるぐる回っていることを話したら、たぶん姫宮はあっさりと笑ってくれると思う。

何で、そんなことで悩んでいるんです？

彼の口調まで想像できた。しかし。

〝きっと、俺は何度も同じことを繰り返す……〟

姫宮が自分と出会うまでの三十年以上をすべて把握することなんて、できるはずもない。できるはずもないのに、城之内はそこにこだわってしまう。自分の知らない彼の過去を、誰かが語る度に、胸の奥がずきりと激しく痛み、笑えなくなってしまう。

過剰な独占欲だと思う。姫宮のすべてを知って、そして、すべてを手に入れたい。

しかし、そんな自分の感情のどす黒さにも、ぞっとするものを感じる。

「…………」

美味《おい》しいサンドイッチをぺろりと食べ終わって、城之内はため息をついた。

とりあえず、今自分ができること。それはここから立ち上がって、そして、今日一日をきちんと過ごすことだけだ。


今日は少し風が強い。

クリニックの玄関脇《わき》、桜の木の下に置いたベンチで、城之内は空を見上げた。みずみずしい緑の葉をたっぷりとつけた枝が揺れて、薄い水色に晴れた空を時に覆い隠す。あたたかな風は、すでに春を越えて初夏の香りだ。

「お昼ごはんは食べましたか?」

ふと気づくと、姫宮も外に出てきていた。白衣の裾《すそ》が風に舞って、城之内の視界の片隅でひらひらと揺れている。

「……ああ」

三階まで上がるのが面倒くさくて、診察室で、診療放射線技師の高井《たかい》に買ってきてもらったコンビニおにぎりですませた。

「どこか体調がよくないのですか？」

姫宮が静かな口調で聞いてくる。

「あまり食べてませんよね？」

「いや、ちゃんと食ってるよ。あんたが作ってくれたサンドイッチも全部食べたし」

城之内はポケットに入れてきた小さなタンブラーから、ゆっくりとコーヒーを飲んだ。

「大丈夫だって。ゴールデンウィークにだらけてたから、ちょっと通常業務に疲れてるだけ」

そして、すいと立ち上がる。

「戻ろうぜ。そろそろ午後の患者が来始める頃だろ」

「ええ」

歩き出した姫宮を見て、城之内はふと眉《まゆ》をひそめた。

〝歩き方が……〟

「おい、蓮《れん》」

後ろから声をかけると、姫宮がすっと立ち止まって振り返った。

「何ですか？」

こうやって振り返る姿でさえ美しい。細身の身体を軽く捻《ひね》った姿が、とてつもなくエレガントだ。たぶん、子供の頃からスポーツできっちりと鍛え、そして、今も継続的なトレーニングで、パフォーマンスを維持している者独特のラインの美しさだ。

「あんた、もしかして、膝痛めてる？」

「え？」

城之内はつかつかと、姫宮に近づく。すっと屈《かが》んで、彼の左膝に軽く触れた。

「ここ、痛いんじゃないのか？　歩き方がおかしいぞ」

完璧《かんぺき》な彼の容姿に小さく入ったひび。それは、わずかな跛行《はこう》だった。

よく見ていなければわからない程度のものではあったが、スポーツ・ドクターとして、アスリートたちを見てきた城之内の目には、十分だった。

彼は左膝を故障している。

「半月板……いや、ＭＣＬ（内側側副靱帯《ないそくそくふくじんたい》）損傷か。ちょっと診るから、診察室に来い」

「大丈夫です。古傷ですから」

「古傷って……ゴルフか？」

少しためらいながら尋ねると、姫宮は意外にあっさりと頷いた。

「はい。高校生の頃に。内視鏡手術もしましたが、完全にはパフォーマンスは元に戻りませんでしたので、そのままゴルフは断念しました」

さらりと言われて、逆に城之内の方がぎょっとしてしまう。

「再起不能って……ことか？」

思わず少し掠《かす》れた声で言うと、姫宮はふわっと笑う。

「そこまで深刻なものではありません。このくらいの膝で、競技を続けている人はいくらでもいます。ただ、僕はそこで続ける気がなくなったので、やめただけです」

完璧主義者の姫宮らしい言葉だった。

「ですから、お気になさらず」

「いや、お気になさらずじゃねぇよ」

整形外科医としての本能が、城之内の中に目覚めてくる。

「そんなに痛そうにしているのを、黙って見てられるかよ。いいから来い。場合によっちゃ、ＭＲＩ撮ってみた方がいいかもな」

「それほどじゃ……」

「いいから来い」

軽く腕を摑《つか》んで、ぐいっと引っ張ると、姫宮は苦笑した。

「わかりましたから。そんなに引っ張らないでください」

二人で連れ立って、整形外科の診察室に入ると、中にいた師長の富永《とみなが》がびっくりした顔をする。

「どうなさったんです？」

「患者だよ」

城之内はそう言って、姫宮を診察用のベッドに導いた。

「ほら、寝て」

「……はい」

白衣を脱いで、富永に渡すと、姫宮はベッドに横になった。城之内はドクター用の椅子を引っ張ってきて座り、診察を始める。

「……インスタビリティは……大丈夫か……」

「少し痛いですね……」

軽く膝を押さえて揺するようにすると、姫宮は顔をしかめた。

きちんとネクタイを締めたシャツに、少し細身のパンツという着衣の姿でも、姫宮の身体はすらりと引き締まっていて、ちょっと見とれてしまうような身体バランスだ。白衣を着ていると、タイトな感じのスタイリッシュな白衣でも、意外に身体のラインはわからない。

「あんた、結構鍛えてるな……」

「それほどじゃありません」

今さら、何を言っているのかという顔をしている。何せ、ベッドを共にしている相手なのだ。しかし、その最中は……正直、相手の身体を見ている余裕なんてない。夢中で貪《むさぼ》ってしまう。彼の体温や吐息や……その身体の与えてくれる極上の快楽に夢中になってしまって。

〝いやいやいや……っ〟

ぐいと意識を現実に引き戻す。

「……外反されると、痛いですね」

膝の外側に手のひらを当て、軽くテンションをかけると、姫宮の美しい顔が微《かす》かに歪《ゆが》んだ。その苦痛を訴える表情がとんでもなく色っぽい。

「そこ……痛いです」

昼間だ、昼間。今は昼間。

心の中で呪文《じゅもん》を唱えるが、そういや、彼が引っ越ししてきた時、真っ昼間からやってたな……などとけしからんことを思い出す。

〝いかんいかん……っ〟

しかし、パンツの薄い生地ごしの体温は愛《いと》しい。そういえば、ずっと彼には触れていない。同じベッドで眠っていても、城之内がなぜか不機嫌なことをわかっている彼は、少しだけ間を空けて、城之内の隣に滑り込んできた。城之内の浅い眠りを妨げないように、そっと息を殺していた。

〝ごめん……〟

「……おもしろがってますね？」

本当に痛いらしく、いつもすっきりと澄んでいる栗色《くりいろ》の瞳に、うっすらと涙のベールが見えるのが、とてつもなくセクシーで、これはもう……まずい。

「少しは」

やっぱり好きだ。こんなにきれいで可愛くて……色っぽい恋人だ。他の誰にも渡せない。

「あ……そこ、気持ちいいですね」

膝関節《しっかんせつ》をリラックスさせるように、軽くマッサージしてやると、姫宮は目を細めた。

「うん……すごく気持ちいいです……」

「寝るなよ。これから仕事だぞ」

「じゃあ、今度は家でやってください」

二人の間でわだかまっていた何かが、じわりと解ける。投げ合う言葉に、モノトーンからカラフルな色が着く。どうにもならずに、ただ固くなっていた空気がふわっと、甘く柔らかくなった時だった。

「せんせーい、お客様……」

ノックもなく、からりと診察室のスライディングドアが開く。顔を出したのは、事務の越野《こしの》だった。

「あ、あれ？　姫先生？」

「だから」

姫宮がため息混じりに言う。

「言葉を節約するなと……」

「先生、来ちゃいましたっ！」

姫宮の声を圧するように、明るく高めの声が響いた。

「お言葉に甘えちゃいましたっ！」

「え、早瀬か？」

姫宮の膝を優しくマッサージしていた城之内の手が止まった。

「おまえ、客じゃないだろ」

城之内はベッドからすっと椅子を離すと、立ち上がった。診察室に入ってきたのは、ハーフパンツからすらっと伸びた小麦色の脚もまぶしい早瀬だった。全開の笑顔でにこにこしている。

「保険証出せ、保険証」

「出しましたよー」

さっと吹き込む夏の風。強すぎる真夏の陽射し。城之内がいつもフィールドで見ていた懐かしい風景が目の前にある。

「膝《ひざ》、どうだ？　あ、おまえ、もう包帯外したのか？」

「だって、ほどけるんですよー」

甘えた口調で話す早瀬だが、きりりとした少年ぽい容姿のせいなのか、べたついた感じはしない。そんなところが好かれるのか、彼はいつも、多くの友人や女の子たちに囲まれていた。

「……院長先生、ありがとうございました」

ふと気づくと、バックヤードに姫宮が姿を消すところだった。

「あ、蓮……」

「診療が始まりますので、失礼します」

白衣の裾がさっと翻り、美しい内科医は整形外科の診察室から出ていく。

「……誰ですか？」

早瀬がきょとんとして尋ねた。城之内は一瞬、視線をさまよわせてから、すぐに早瀬に向き直る。

「内科の姫宮先生だ。すげぇ美人だろ」

「え、男の先生ですよね」

早瀬があははと笑う。

「美人って言い方します？」

「しないか？」

「しませんよー」

城之内は、笑い崩れる早瀬に、軽く蹴《け》りを入れるポーズを取る。

「ほら、何しに来たんだよ、おまえ。診察するから、さっさとそこに寝ろ」

「はぁい」

城之内は、その時、気づかなかった。

去り際の姫宮が一瞬振り返り、切なげに自分を見つめたことに。

とても、切なそうに。少し、悲しそうに。

ACT 6.

城之内《じょうのうち》のおべんとう箱は、学生時代に使っていたものだ。真っ赤な二段重ねの密閉容器で、かなりたっぷり入る。

「先生、最近、三階で食べないんですね」

診察室で、おべんとうを広げると、南《みなみ》がひょいと覗《のぞ》き込《こ》んできた。

「あ、ああ……」

六月になった。梅雨とは名ばかりで、天候は安定している。

整形外科医としては、天候が安定しているのはありがたい。関節の痛みや慢性的な腰痛は、気候にかなり左右されるからだ。気圧の上下が激しいと不定愁訴が多くなり、なかなか改善しない症状を訴える患者だらけになってしまう。

「うわぁ……美味《おい》しそう……」

城之内のおべんとうを見て、南がため息をつく。

「これ、姫先生が？」

「あ、ああ……」

姫宮《ひめみや》が城之内の実家に住んでいることは、スタッフ全員が知っている。何せ、一緒に出勤してくるのだ。隠しようもないし、下手に隠すよりもオープンにした方が、後々面倒がないと思っていたのだが、二人の間が何となくぎこちないと、それもまた困りものである。二人の間の雰囲気が、スタッフに伝播《でんぱ》してしまうのだ。姫宮は、もともとプライベートを仕事に持ち込まないタイプで、城之内との間がラブラブだろうが、微妙だろうが、職場での態度はまったく変わらないらしいのだが、城之内の不調を知った内科スタッフが逆に気を遣ってしまっていると聞く。

〝まずいよなぁ……〟

姫宮が作ってくれたおべんとうは、きれいな薄ピンクのトマトライスに、薄切りの牛も肉をからりとオリーブオイルで揚げたミラノ風カツレツ、ほうれん草と玉ねぎ、パプリカ、ベーコンをたまごでとじたようなフリッタータという、イタリアン風味のものだった。これにスープジャーに入ったコンソメスープがついている。

「うん……美味しい……」

同じおべんとうを、姫宮は三階で食べているはずだ。

一緒に暮らし始める少し前に、彼が作ってきたランチがあまりに美味しそうだったので、思わずおべんとうをねだってしまった。それ以来、彼は自分がおべんとうを持ってくる時には、同じものを城之内にも作ってくれる。

「あ、美味しそうなの食べてるっ！」

唐突に聞こえた元気な声に、城之内はびっくりして箸《はし》を落としそうになる。

「こらっ！」

「もーらいっ」

拒む隙《すき》もなく、大事なカツレツを一つ取られてしまう。

「早瀬《はやせ》っ！　てか、何でおまえ、入ってきてんだよ！　今は昼休みだぞ！」

すとんと患者用の椅子《いす》に座ったのは、早瀬だった。いつものようににこにこしている。

この青年には、不機嫌の回路がついていないらしい。いつもにこにことご機嫌だ。

「今日から部活に復帰するから、PTの美濃部《みのべ》さんにテーピングしてもらいに来たんだ。俺、今日の午前中はポリクリ（臨床実習）入ってたし、部活の練習は午後一からだから、お昼休みしか時間がなくて」

その言葉通り、ハーフパンツ姿の早瀬の膝《ひざ》には、きっちりとテーピングされている。

「どれ、見せろ」

くいと顎《あご》をしゃくると、早瀬は診察用のベッドに上がった。食べかけのおべんとうに軽く蓋《ふた》をして、城之内は診察モードに入る。PTである美濃部圭《けい》の施したテーピングはとても丁寧できれいだ。膝の腫《は》れや膝蓋骨《しつがいこつ》の動き、靱帯《じんたい》の緩みを確認して、城之内は軽くぽんと早瀬の膝を叩《たた》いた。

「よし、水もたまってないし、インスタビリティもＯＫ。まぁ、無理はするなよ。ゆるゆるとやってけ」

「はぁい」

早瀬は、毎日のように通ってきていた。現役のスプリンターである早瀬が、早く練習に復帰したいというので、担当ＰＴである美濃部がリハビリ計画を作って、膝に負担を掛けずに筋肉を落とさないリハビリをしていたのだ。しかし、それ以外でも、早瀬はクリニックに現れては、ＰＴたちの仕事を眺めたり、患者の子供と遊んだりしていた。

『真希《まき》くん、このままスタッフになっちゃいそう』

柴《しば》が笑いながら言うほど、早瀬は足繁《あししげ》くクリニックに通っていた。そして、来院すれば、最低でも一時間はあちこちうろうろしている。

「おまえ……暇なのか？」

「暇じゃないよ」

早瀬はにこりとして、あっさり答える。

「大学も忙しいし、部活もあるし。先生、俺と同じで、東興《とうこう》の医学部にいて、陸上もやってたっしょ？　暇だった？」

「いや、暇じゃなかった」

「でしょ？」

「じゃあ、何で、こんなにしょっちゅう現れるんだ？」

早瀬がここに初めて現れてから、すでに二週間以上だ。城之内は、おべんとうを開けて、食事の続きを始めた。とりあえず、ごはんは食べてしまわなければ。午後からの診療に差し支える。

「……先生に会いたいからに決まってんじゃん」

「え」

妙に真剣な口調に、城之内はびっくりして顔を上げてしまう。くるんと大きな早瀬の瞳《ひとみ》がこっちを見ていた。その口元がふわっと緩み、そして、あははと笑い出す。

「何、その反応。マジにとらえた？」

可愛《かわい》い顔でにこにこしながら、早瀬は城之内を上目遣いに見る。

「……うるせぇ」

城之内は一旦《いったん》箸を置くと、手を伸ばし、ぺんっと早瀬のおでこをはたいた。

「いてっ」

「テーピング終わったなら、とっとと帰れ。この暇人が」

軽く、すねに蹴《け》りを入れる仕草をすると、早瀬は大げさに避ける振りをして、さっと立ち上がった。

「うわぁ、暴力医者だ。帰ろっと！」

彼はボディバッグをくるっと後ろに回すと、素早い動きでドアに向かい、ハンドルに手を掛けた。

「でもさ」

くるりと振り返って、早瀬は黒目がちの大きな目で、城之内を見た。小麦色に日焼けした全開の笑顔に、きれいな白い歯が映える。屈託のない子供のような笑顔だ。

「俺、ほんとに先生のこと大好きだよ。ずっと、先生の傍《そば》にいたい程度には」

「……あ？」

「じゃあねっ！　また、練習見に来てよ！」

明るく言って、早瀬は診察室を出ていく。お日様のような香りだけが、後に残る。軽い足音が廊下を遠ざかっていく。

「何、言ってんだか……」

あっけらかんと突きつけられるストレートな好意に、城之内は戸惑う。

「何……言って……」

早瀬の行動が読めない。彼の真意が読めない。

医学生の日常は、確かに暇なものではない。特に彼は五年生だ。体育会系の部活をやっていること自体が、奇跡のようなものなのである。彼はスプリンターとしても、全国レベルのアスリートで、全日本選手権にも高校生の頃から、毎年出ている。だから、今も部活を続けていることを、大学側は大目に見ているのだ。実際、彼の同級生の医学部生は、とっくに体育会系の部活は引退している。

そんな彼が、忙しい合間を縫っては、ここにやってくる。東興学院大からここまでは、地下鉄とバスを乗り継いで、一時間弱。特別に遠くはないが、近くもない。特に、マイカーを持たない大学生にとっては、気軽に来られる場所ではないはずだ。それなのに。

「はは……まさか……な……」

診療テーブルの上で、あたたかいはずだったコンソメスープがゆっくりと冷めていく。城之内はしばらくの間、じっと診察室のドアを見ていた。そこがもう一度開いて、彼の可愛い顔が覗き『嘘《うそ》だよー』と言うはずだと、言ってくれるのではないかと、ほんの少し期待する自分がいる。そんなことはないはずだと思いながらも、それをどこかで待っている自分がいる。

「……っ！」

だから、そこがすうっと開いた時には、悲鳴を上げそうになってしまった。

「……何て顔をしてるんです？」

涼しい声がした。

「上に上がってこられないので、どうしたのかと思ったんですが」

ドアを開けたのは、会いたくて、でも今は一番会いたくない人物だった。

「い、いや、別に……」

すっと姫宮が入ってくる。いつものように、涼やかな香りが鼻先をくすぐる。

「おべんとうにこれをつけるのを忘れたので」

「え？」

彼は小さな密閉容器を手にしていた。蓋を開いて、テーブルに置く。

「……サラダ？」

「あなたのお好きなタコのポテトサラダです」

タコのポテトサラダは、二人がよく食事に行くスペインバル『マラゲーニャ』の看板料理の一つだ。アイオリソースで和《あ》えたポテトサラダは、ビールやワインにもよく合う。

「院内ですので、ガーリックはほんの香り付け程度で、代わりにローズマリーを入れてあります」

ふと、その姫宮の視線が、まだ半分以上も残っているおべんとう箱に落ちた。

「……美味しくありませんでしたか？」

すでに昼休みは、あと十分ほどになっている。

「い、いや……美味しいけど」

コンソメスープもすでに冷めて、うっすらと油膜が張っている。姫宮は少し寂しそうな顔をしたが、すぐにすっといつものクールな表情に戻った。

「そうですか。それならいいのですが」

静かに背を向け、ドアに手を掛ける。

「今日の夜は外食にしましょうか」

「え……何で？　マカロニグラタン作ってくれるって、言ってたじゃないか」

グラタンは城之内の好物だ。城之内の味覚はほとんど子供で、グラタンやシチュー、ハンバーグが大好きだ。

「いいえ。あなたがよろしければいいのですが」

こちらを見ないまま、姫宮は言った。いつものように、さらりと乾いたクールな口調で。

「すみません。それでは予定通りに」

「あ、ああ……」

ドアの端を押さえている姫宮の白い指。節のほとんど見えない、すらりとしたきれいな指。城之内は何となく、それを見つめてしまう。その指にほんの少しだけ、きゅっと力が入ったような気がした。

「彼……この頃、毎日来ていますね」

「え……？」

開いたドアの隙間《すきま》から、明るく響く声。

「失礼しまーす！　また明日来まーす！」

早瀬の声だった。彼の声は、少し高めでよく響く。

「あ、ああ……何か……美濃部にテーピングしてもらいに来たって……」

「美濃部くんに会った後に、ここにも寄ったんですね」

ふとこぼれ落ちるようにつぶやいて、そして、姫宮はするりと診察室を出る。

「すみません。変なことを言いました」

城之内が何か言葉を発する前に、ドアはすうっと閉じたのだった。


梅雨に入ってからの週末は今週も雨だ。昨日から、ひどい降りではないものの、しとしとと小雨《こさめ》が降り続いていて、洗濯物は乾かないし、何だかあちこち湿っぽいしで、城之内は憂鬱《ゆううつ》だった。

「おまえな」

姫宮がきれいに片付けてくれて、居心地抜群のリビングのソファで、城之内は今日もゴロゴロしていた。

「たまには、どっか遊びにでも行ったらどうだ？　蓮《れん》にゴルフ教えてもらって、打ちっぱなしにでも行けよ。運動神経に問題はないんだから」

　いつの間にか、うたた寝していたらしい。片目を開けて見上げると、呆《あき》れた顔の健史《たけし》が立っていた。この家の合《あ》い鍵《かぎ》を持っている健史は、インターホンを押すこともなく、勝手に入ってくる。

〝リビングとかキッチンでは……しないようにしよう〟

　いや、それどころではない。ここ数週間は、ベッドルーム以外でするどころか、ベッドでもさせてもらえない。というより、城之内自身にする気がない。何だか、心が落ち着かず、彼に触れることすらできない。ベッドでは一緒に寝ているのだが、彼の柔らかな体温やボディシャンプーのいい香りを感じて、そっと手を伸ばしかけても、その指は彼の肌に触れる寸前で止まってしまう。

　彼は誰を愛しているのだろう。誰に愛されているのだろう。そして。

〝俺は……本当に蓮を……〟

　彼が自分だけを見てくれなくても、愛せるだろうか。真《ま》っ直《す》ぐに向き合わないままに愛し合えるだろうか。

　とてつもなく高いハードルは飛び越えたはずだったのに、その向こうにもっともっと高い……走り高跳びか、棒高跳びのバーがあった感じだ。それを飛び越えないと、その先のゴールには飛び込めない。

「蓮なら出かけたよ」

城之内はもそもそと起き上がった。

「どこに行ったかは知らない。俺が起きた時には、もういなかった」

「ああ、それなら知ってる」

健史は、何か大きな箱を抱えていた。重さもあるようで、両手で抱えている。

「何持ってきたんだ？」

キッチンに向かった兄の後に、城之内はついていく。

「ああ、鍋《なべ》だ」

「なべ？」

健史がテーブルに箱を置き、蓋を開けた。中に入っていたのは、本当に鍋だった。深い赤が素敵な両手鍋だ。

「うわ、重……っ」

何気なく持ち上げようとして、城之内はびっくりする。

「何だよ、これ……」

「ストウブの鍋だよ。見て驚けのおフランス製だ。ル・クルーゼとどっちにするか、ずっと迷ってたんだけど、やっぱりこっちにした。ル・クルーゼもいいんだけど、何だかあっちは可愛すぎてな」

「ふぅん……」

健史は、姫宮ほどの料理巧者ではないが、一応の炊事はできるし、しっかり時間をかけて煮込むビーフシチューは絶品である。

「で、何でこっちに持ってきたわけ？　自分ちに持ってけばいいじゃん」

この家は城之内兄弟の実家だが、健史は、ここに城之内が住むと決める前に、自分の会社の近くの高層マンションを買っていた。いわゆる億ションというやつで、ホテルのようなエントランスとコンシェルジュ付きの豪華なマンションである。

「せっかく、この鍋での初ビーフシチューだからな。おまえたちに振る舞ってやろうかと思ったんだが……」

「だから、蓮ならいないぞ」

城之内は素っ気なく言った。

「どこに行ったかも知らないし、何時に帰ってくるかも知らないよ」

「だからさ、どこに行ったかは知ってるぞ、俺」

健史はキッチンにかかっているエプロンをひょいと取って、慣れた仕草で締めた。普段は、姫宮が使っているエプロンだ。そして、冷蔵庫を開け、いつの間に仕込んでいたのか、牛のすね肉の塊を取り出した。勝手知ったる感じで、肉用のまな板と包丁を出し、手際よく肉を切っていく。一口大というにはかなり大きめだ。

肉を切り分けながら、健史が言った。手持《ても》ち無沙汰《ぶさた》な城之内は、コーヒーメーカーにざらざらと豆を入れていた。コーヒーは城之内の好みで、酸味の少ないマンデリンだ。

「謎《なぞ》の人と蓮って、どういう関係なんだ?」

「え」

城之内の手がぴたりと止まった。くるりと顔を向けると、健史は何事もなかったかのように、せっせと肉を切っている。

「どういうって?」

「いや、会ったから」

肉を切り終えるとバットに並べ、塩を振る。水気を抜いているうちに、野菜用のまな板を出してきて、野菜を切り始める。玉ねぎをみじん切りにするいい音が響く。

「鍋を買いに行ったデパートで会ったよ。あそこのデパート、イギリスの食器ブランドが経営している超お高いティールームがあるんだけどさ。そこでお茶してた。二人で、すんげー仲良く」

城之内の手から、コーヒー豆を入れていたキャニスターが落ちた。すでに豆は全部コーヒーメーカーに入っていたので、凄《すさ》まじい音はしたが、大惨事にならなかったのが不幸中の幸いである。

「なぁ、聡史《さとし》」

「だと思う。俺も謎の人とは面識がないからさ。名前知ってる程度だったから、一応ググった。あの日本人離れした貴族的な顔立ちは、見間違えようがないと思うぞ」

「蓮と……望月《もちづき》先生が？」

あっという間に、一個分の玉ねぎをみじん切りにすると、新しい鍋を丁寧に洗い、火にかけた。

「でさ……何か、蓮の表情がヤバかった」

「ヤバい？」

キャニスターを拾い上げ、城之内は少し震える手で、そっとテーブルに置いた。

「どういう風に？」

鍋にサラダオイルを入れ、健史は玉ねぎを炒《いた》め始めた。

「聡史、暇なら、肉の水気拭《ふ》いといて」

ぽいとキッチンペーパーを渡され、城之内は渋々牛肉の表面ににじんだ水気を拭き取る。

「兄貴、蓮の表情がヤバいって……」

「水気拭いたら、小麦粉まぶす」

「兄貴っ」

健史は鼻歌交じりに、玉ねぎを炒めている。

「……何か、すげぇ可愛かった」

「可愛かった？」

思わず手を止めると、健史がちらりと視線を流した。

「小麦粉」

城之内はふんと鼻を鳴らすと、棚からボウルを取り、小麦粉をどさどさと振り入れた。

「さーとし」

「ちゃんとやる」

小麦粉を少し手に取ると、城之内はバットに並べた肉の上にさっと振りかけた。肉をひっくり返して、まぶしていく。

「蓮はさ」

焦がさないように、健史は玉ねぎを炒める。

「はい、じゃあ、フライパンあっためて、肉焼いて」

「何で、俺に手伝わせるんだよ。一人で作れよ」

「肉」

「……わかったよっ」

シンク下の収納からフライパンを取り出し、サラダオイルを入れてあたためると、トングで肉を摑《つか》んだ。

「ちゃんと焼き目つけるんだぞ」

「わかってる」

城之内はフライパンに肉を入れて、焼き付けていく。

「……蓮はさ、クールだろ。あのルックスで、ほとんど表情変わんないし」

健史がのんびりと玉ねぎを炒めながら言った。

「あ、うん……」

健史は、姫宮の本当の顔を知らない。彼の柔らかな笑顔や、抱きしめたくなるような色っぽい表情も。

「その蓮が、本当に可愛かったんだよ。まるで、子供みたいにさ」

玉ねぎがしんなりしたようだ。

「おい、肉は？」

「……焼けた」

「よし」

健史は、フライパンを自分の前に置いた。缶詰のトマトピュレを開けて、そのフライパンに入れ、肉全体に絡《から》めると、玉ねぎを炒めていた鍋に、中身をすべて空ける。そして、空になったフライパンに赤ワインを入れ、木べらで鍋肌をこそげる。

「……望月先生と蓮、二人きりだったのか？」

城之内はぼんやりと言った。健史がうん？　といった顔をする。

「あ、ああ……二人で、テーブルに向かい合って、何か楽しそうだったな。蓮って、英成《えいせい》にいた中坊の頃からクールビューティーだったけど、あんな顔もできるんだって、ちょっとびっくりしたよ」

健史は少し笑いながら言って、フライパンの赤ワインを鍋に入れる。ざっと一煮立ちさせてから、チキンブイヨンやデミグラスソース、塩・胡椒《こしょう》、ローリエを加えて、火を弱めた。

「よし、しばらく煮込むぞ」

健史は振り返ると、少しびっくりしたような顔をしていた。

「……おまえ、大丈夫か？　何か、青豆みたいな顔色だぞ」

「あ、いや……」

城之内は少し引きつった笑いを浮かべて、すいと顔をそらした。

「ビール飲むか？　確か、冷えてるはず」

「ああ」

冷蔵庫の扉を開けた時、ポケットに入れていたスマホから『チン』と可愛い音がした。メッセージアプリの着信だ。一旦冷蔵庫の扉を閉じ、スマホを取り出す。

「………」

メッセージを確認して、城之内はふうっとため息をついた。

「ごめん。俺、ちょっと出かけてくる」

「あ?」

健史が首を傾《かし》げる。

「どうした? 何かあったのか?」

「あ、いや……ちょっと用事を思い出しただけ。そのうち、蓮も戻ってくるだろうけど、もし、兄貴帰るんだったら、鍵掛けといて。俺、鍵持って出るから」

「おい、聡史……」

「ビーフシチュー、残しといて。帰ったら食べる」

「おい……っ」

健史をキッチンに残して、城之内はまるで逃げるようにして、家を出る。

スマホのメッセージアプリには、一つの着信。

『もうじき帰ります。夕食は何がいいですか?』

ACT 7.

「いらっしゃいませ」

カランと鳴るベル。大きなドアを開けると、ふんわりと微《かす》かに薔薇《ばら》の香りがした。

「席ある?」

カフェ&バー『le cocon《ルココン》』の夜は遅いとは聞いていたが、一応尋ねてみる。カウンターの中におさまった美貌《びぼう》のマスターが頷《うなず》いた。

「どうぞ、こちらへ」

『le cocon』は上品な雰囲気のバーだが、決して堅苦しくはない。ほとんど着の身着のままで家を出て、クリニックでぼんやりと時間をつぶしてきた城之内《じょうのうち》だったが、それほど違和感なく、止まり木に腰を落ち着けることができた。

「何にいたしましょう」

午後八時を回ったところだった。スマホの電源は落としてしまっているので、姫宮《ひめみや》からメッセージが入っているかどうかはわからない。

「えーと、ビールってある？」

「はい。エール、ラガー……何がお好みでしょう？」

　マスターの藤枝《ふじえだ》が、いい香りのするおしぼりを差し出してくれた。この店は、細やかな気遣いに溢《あふ》れた店だ。まだ通い始めて一年くらいの城之内だが、いつ来ても、心からリラックスさせてくれる。

「……苦いのがいい」

　城之内のオーダーに、藤枝は少し考えてから言った。

「それでは、ブリュードッグ パンクＩＰＡはいかがでしょう。爽《さわ》やかな苦みと切れ味の辛口ビールです」

「うん、じゃあ、それ」

「かしこまりました」

　藤枝がカウンター下の冷蔵庫からビールを取り出し、グラスを用意しているのを、城之内はぼんやりと眺めていた。

〝どうしようかなぁ……〟

　姫宮が望月《もちづき》と二人きりで会っていた。彼を中学生の頃から知っている健史《たけし》が見たこともないくらい可愛《かわい》い顔で笑っていた。

〝蓮《れん》……俺、あんたのこと、わからなくなってきた……〟

もともとミステリアスな雰囲気は持っていた。口数も多い方ではない。しかし、彼は常に愛を伝えてくれていた。先にハードルを飛び越えてきたのも、彼の方だ。

〝俺、どこまで信じればいいんだ……？〟

これでも、恋愛の場数はそれなりに踏んできたと思う。あまり下半身に節操がなかったせいもあって、未成年と既婚者に手を出さなかっただけで、男女問わず、それなりに恋愛を楽しんできた。いつも、恋の始まりも終わりも、自分でコントロールしてきた。恋は……上手《うま》いと思ってきた。

〝俺、何で、こんなに悩んでるんだ……？〟

「お待たせいたしました」

目の前に、コトリとビアグラスが置かれた。無意識のうちに、グラスを取り、鼻に近づけるとふわっとホップの香り。

「いい香り……」

「切れ味のいいビールですよ」

藤枝が穏やかに言った時だった。

「あーっ、城之内先生だーっ！」

唐突に響いた大きな声に、城之内はつんのめりそうになる。危うく、ビアグラスを倒しかけて、慌てて声の方に振り向いた。

「早瀬《はやせ》……っ」

ちょうど、ドアが開いたところだった。

「わーいっ、先生だぁっ」

元気よく入ってきたのは、見慣れた三人組だった。一番手前が早瀬。後ろに診療放射線技師の高井《たかい》とPTの美濃部《みのべ》が立っている。早瀬はぱっと駆け込んでくると、城之内の背中にぴったりと抱きついた。

「こ、こらこらっ」

「おっさんみたいな言い方」

早瀬はコロコロと笑っている。

「やだなぁ、先生。もうおっさんになっちゃったの？」

「真希くん、だから、飲みすぎだって……」

面倒見のいい美濃部が、城之内に抱きついてしまった早瀬を引《ひ》き剥《は》がしにかかるが、何せ、美濃部は華奢《きゃしゃ》だ。パワーのある現役アスリートの早瀬には敵《かな》わない。仕方ないなぁとため息をついて、長身の高井がぐいと早瀬を城之内の背中から引っぺがしてくれた。

「俺、ここがいい。先生の隣」

早瀬がすとんと城之内の隣に座ってしまった。美濃部と高井は困ったように立ち尽くしている。何せ、カウンターだけのバーなので、他に客もあり、城之内の隣に三人並んで座れなかったのだ。

「ああ、いいよ。こいつの面倒は俺が見るから、おまえたちは好きに飲んでろ」

城之内は苦笑しながら言った。美濃部と高井は少しの間、顔を見合わせていたが、すぐにぺこんと頭を下げた。藤枝が席を作ってくれた、カウンター左端の止まり木に、二人並んで座る。

「……今日、部内の記録会があってさ」

すでに飲んできたらしい早瀬の前に、藤枝はまず水を置いてくれた。少し果汁を搾ってあるらしく、レモンの香りがする。それを美味《おい》しそうに飲んで、早瀬は言った。

「俺、全然だめだった。もう亀《かめ》並み」

「マスター、こいつにノンアルコールのカクテル作ってやってください」

城之内は言った。

「すっきりするようなやつ」

「かしこまりました」

藤枝は頷くと、カウンター下の冷蔵庫から、何かグラスを取りだした。もさっとグリーンの葉っぱが差してあってびっくりする。

〝何だ……ミントか〟

「本当はさ、もう引退してる年じゃない？　俺……」

医学部五年生の早瀬は、ポリクリもかなり忙しい。本来であれば、体育会系の部活などやっている場合ではないのだが、彼が全国トップクラスのアスリートだから、まだ現役を続けていられるのだ。逆に言えば、その成績がふるわなくなれば、学業に専念しろということになるだろう。

「監督からもさ、故障抱えてるわけだし、もう無理しなくていいんじゃないかって……」

「お待たせいたしました」

藤枝がすっとグラスを差し出す。

「バージンモヒートでございます」

モヒートはラムとライムジュース、フレッシュミントのカクテルだ。バージンモヒートは、そこからラムを抜いたレシピのはずである。たっぷりとあしらったミントが涼しげだ。

「……美味しい」

一口飲んで、早瀬はにっこりした。

「先生も飲む？」

無邪気にグラスを差し出されて、つられたように城之内は一口飲んだ。少し甘い気はしたが、苦みの勝ったビールを飲んでいたせいだろう。

「確かに美味《うま》いな」

藤枝のバーテンダーとしての腕は間違いないところだ。

「なぁ、早瀬……」

「真希《まき》って呼んでよ。つき合い長いんだし」

「何言ってんだ」

城之内は早瀬の髪をがしがしとかき回した。

「痛い痛いっ」

「俺に名前呼ばせるなんざ、百万年早い」

しかし、城之内の手はそのまま早瀬の髪を撫《な》でた。とても優しい手つきで。

「……現役を続けるかどうかはおまえ次第だと思う。いくら体育会系部活の監督でも、成績不振を理由に、おまえを退部させることはできない。まぁ……大会には出られないかもしれないが、走り続けることはできる。もしも、おまえが身体《からだ》をケアしながら、走り続けたいというなら、いくらでもサポートしてやる」

「うん……」

早瀬はこくりと頷く。

「俺、できることなら、医者になっても走り続けたいんだよね。先生みたいな長距離だと、趣味的に続けることもできるけど、俺みたいな短距離競技だと、もう本当に競技するためには走るしかないからさ。できたら、このまま卒業まで部活で走って、医者になっても、東興《とうこう》学院大の所属のままで、本当に走れなくなるまで、続けたいんだ」

いつも軽い調子でふわふわとしている早瀬が、真摯《しんし》な口調で言う。

「ウチの体育会系の部で、ＯＢがそのまま所属している例、結構あるし。まぁ、陸上部では例がないけど、スケートとか体操だと、いるんだよね」

「スプリント種目はなぁ……練習場所が限られるからな。まぁ、俺だって、最近は全然走ってねぇけど」

城之内は一万メートルを専門として走っていた。駅伝も何回か走ったことがある。しかし、学部四年で引退してからは、ランニングもろくにしていなかった。

「できるところまでやってみろよ。それなら、おまえみたいな性格のやつは、人に言われて、はいそうですかとは頷けないだろ？　行けるところまで行ってみろよ」

少しうつむいて、グラスを両手で持っていた早瀬が、こくりと頷き、そして、顔を上げた。

「俺さ、ねーちゃんが三人いるんだ」

早瀬が唐突に言った。

「え？」

「強烈なねーちゃんが三人。三人ともガッコの先生」

「そりゃまた……」

姉が三人……うん、なかなか大変そうだ。

「俺、その末っ子だからさ。あーあ、どうせ末っ子に生まれるんだったら、先生みたいなにーちゃんがほしかったなぁ」

城之内も、二人兄弟ではあるが、末っ子である。しかも恐ろしく出来のいい兄持ちの。

〝俺みたいな……にーちゃんか……〟

城之内は軽く早瀬の頰《ほお》をつついた。

「ああ、俺もおまえみたいに可愛い弟がほしかったよ」

確かに早瀬は可愛い。ルックスも性格も。ちょっとばかり賑《にぎ》やかすぎるところはあるが、可愛いことは確かだ。

〝早瀬は……わかりやすくて、可愛い……〟

姫宮がこんな風にわかりやすく甘えてくれたら……どんなに楽だろう。

今まで、城之内がつき合った恋の相手は、みなわかりやすかった。愛してほしければ、愛してほしい態度を取る。甘えてくる。こっちを見てほしいと言う。

しかし、姫宮は違う。彼は……とても難しい。彼が出すちょっとしたサインをとらえないと、そのままうっと距離を置かれてしまうような怖さがある。そして、遠ざかった彼の顔は、城之内の知らない顔だ。彼は迷宮だ。たぶん、出口のない迷宮だ。

〝俺は……少し疲れたのかもしれない〟

迷宮を巡る旅に。暗闇《くらやみ》の壁を手探りするような日々に。

「俺、先生の……弟になっちゃおうかなぁ」

早瀬がすりすりと、城之内の腕に甘えてくる。だいぶ酔っているのか、くるんと大きな瞳《ひとみ》がうっすらとピンク色に潤んでいる。睫毛《まつげ》が長い。ふわふわの癖毛が、城之内の視界の隅で揺れる。

「ねぇ、先生……」

「ああ、もう……っ」

「おわっ！」

ふいに、早瀬の体温が遠くなった。

「真希くん、飲みすぎっ！」

少年のように高い声は、美濃部だ。スツールから飛び降りた彼が、早瀬を城之内から引き剝がしていた。

「義秋《よしあき》、手伝って！」

「あ、ああ……」

やたらフットワークの軽い美濃部に二歩くらい遅れて、高井がスツールを降りてきた。美濃部に早瀬を押しつけられ、目を白黒させている。

「すみません、若先生。こいつ、連れて帰ります。マスターも申し訳ありません」

美濃部がぺこんと頭を下げる。

「バーの雰囲気壊しちゃって。しっかり歩いてたし、こんなに酔ってるって思わなくて」

「いいえ」

藤枝がおっとりと微笑《ほほえ》む。

「こちらではアルコールを入れていないので、酔いはすぐ醒《さ》めると思いますよ」

そして、冷たいミネラルウォーターのボトルを渡してくれる。

「こちらをどうぞ」

「あ、ありがとうございます！」

美濃部は再び頭を下げると、三人分の会計を済ませる。早瀬は本当に酔いが回っていたらしく、高井に抱えられて、くったりしている。城之内はポケットから財布を出して、一万円札を抜き取った。小さくたたんで、美濃部に渡す。

「若先生……？」

「タクシー代。早瀬を送ってやってくれ。おまえたちも気をつけて帰れよ」

「い、いや、こんなにいただけません……っ」

「いいから。残ったら、おまえと高井で分けていいから。お疲れ代だ」

少したためらってから、美濃部は頷いた。

「ありがとうございます。おやすみなさい、先生」

「はい、おやすみ。気をつけてな」

早瀬は片目を閉じて、半ば眠っている。高井と美濃部がほとんど抱えるようにして、三人は帰っていった。

「何か、騒がせたみたいですまなかった」

ビールのお代わりを頼みながら、城之内は苦笑して、藤枝を見た。

「まだ学生なんだ。酒の飲み方がわかってないみたいで」

「いえ。可愛らしいですよ」

藤枝はグラスを替えて、ビールを注いでくれる。

「前にここにいたバリスタ兼バーテンダーは、彼と同年配でしたが、もっとひねてましたから」

「トムくんはひねてたってより、野良猫を気取ってたって感じだがな」

低く響く声がして、城之内の隣のスツールがきしりと微かに音を立てた。

「神城《かみしろ》先生……」

カウンターの奥の方にいたのだろう。まったく気づかなかった。神城がいたらしいカウンター左端を見ると、びっくりするような美貌の男性が座り、こちらをにこやかに見ている。

「ウチのオーナーです」

藤枝がそっとささやいた。彼が、フレンチレストラン業界の寵児《ちょうじ》である賀来玲二《かくれいじ》か。スーツの似合う美丈夫だ。その隣で仏頂面をしているのは、城之内も顔だけは知っている聖生会《せいせいかい》中央病院付属救命救急センターの篠川臣《ささがわおみ》だ。彼も穏やかに微笑んでもいれば、なかなかに目を引く容姿なのに、なぜか表情の基本は仏頂面らしい。

「さっきのあれは……おまえさんの患者か何かか？」

神城が城之内の隣に座ったので、藤枝がコースターごと、神城の飲み物を運んできてくれた。彼もビール党のようだ。

「ええ、まぁそうですね。東興学院大医学部の学生で、俺が東興にいた頃、スポーツ・ドクターとして、面倒を見ていました」

「ふぅん……」

ビールを一口飲み、神城はこりこりとこめかみのあたりをかいた。

「あのさ……あんまり野暮なことは言いたくないんだが、おまえさんには……まぁ、あんまり後悔してほしくないから」

「え？」

神城の声はごく低いのだが、大柄な身体のせいか、よく響くので聞き取りやすい。

「神城先生？」

「自分に好意を持っている人間に甘えない方がいい」

神城がゆったりとした口調で、しかし、反論を許さない強さで言い切った。

「……どういうことですか？」

一瞬息を飲んでから、城之内は少し掠《かす》れ気味の声で尋ねる。

「甘えるって……」

「藤枝」

神城がグラスを磨いている藤枝に声をかけた。

「ウイスキーくれないか？　そうだな……オンザロックで」

「邪道だよ」

カウンターの端から、鋭い声が飛んできた。篠川である。神城は苦笑しながら、さっと手を振る。

「銘柄は任せる」

「かしこまりました」

藤枝が答えた。バックバーを振り向いて、考えているようだ。

「……自分に好意を持ってくれている相手とつき合うのは楽だよな。何を言っても、何をしても許してもらえる」

神城は手元のビールを飲み干す。それとタイミングを合わせるかのように、ウイスキーのオンザロックが出てきた。甘い香りはバーボンだろうか。

「だけど、何を言っても、何をしてもいいわけじゃないんだ。相手の好意に、同じくらいの好意で応《こた》えるつもりがないなら、その言動は結果的に、周囲をただ振り回して、傷つけるだけになる」

「…………」

神城の口調は相変わらずゆったりとして、少しも城之内を責めるものではなかったが、ひんやりとした言葉の刃で頬を撫でられた気がした。

〝自分に好意を持ってくれている相手とつき合うのは……楽〟

早瀬が自分に向けてきたのは、むき出しの好意。好きだと公言し、無邪気に甘えかかってくる。それを受け止めるのは、心地よかった。撫でてやれば喉《のど》を鳴らす猫を可愛がっている気分だったことは否定しない。

「まぁ……もちろん、先生があの子を受け入れるなら、それはそれでいいんだけどさ。でも俺には、先生とあの子の感情の間に、軽い温度差というか、方向性の違いが感じられた。違和感とでも言えばいいのかな。先生とあの子は、同じ方向を向いていない」

神城はゆっくりとウイスキーを舐《な》める。

「ま、これは……俺自身の経験談だ」

神城は苦く笑う。彼のインテリ臭い横顔に、大人の男の艶《つや》とちょっとした悲哀のようなものが覗《のぞ》く。

「俺が考えなしに言ったり、やったりしたことが、いろんな人を傷つけた。俺は、無意識のナイフを振り回してたってことだ」

「先生……」

城之内はぬるくなっていくビールをただ見つめる。グラスの肌を伝う滴が一つ、また一つと滑り落ちて、黒く艶《つや》やかなコースターを涙のように濡《ぬ》らしていく。

「さっきの僕ちゃんが、先生の恋人とか……そういう存在ならいいんだ。俺の出る幕じゃない。だが、もしも他にそういう大事な存在があるなら、言動には気をつけた方がいい。お互い子供じゃない分、拗《こじ》れると後が大変だぞ」

「……はい」

城之内は頷いた。

大きめに砕いた神城のグラスの氷が崩れる。ふわっと広がる苦く甘い香り。それはまるで、大人の恋愛のようだ。甘いだけではなく、苦いだけでもなく……そして、その先にあるのは、とろりとどこまでも深く酔いしれる時間。

「楽をしたら……楽な道を選んでしまったら、それは……」

「ま、手応《てごた》えのある人生ってのも、楽しいもんだぜ。山は高いほどきれいな景色が見えるし、海は深いほど青が美しい」

「なーに、かっこつけてんですか」

　突然背後から聞こえた声に、神城がスツールから飛び上がった。本当に飛び上がったのだ。カウンターの中と端で、藤枝と賀来が吹き出しそうになっている。篠川は肩をすくめているだけだ。

「み、深春《みはる》？　何で？」

　唐突に現れたのは、神城と一緒に暮らしている青年ナースだった。両手を腰に当てて、ふんぞり返っている。

「何でじゃないですよ。センターから呼び出しです。車十台以上が関係する多重衝突事故だそうです。院内の外科系には、全員招集がかかってます」

「え、嘘《うそ》」

　篠川がぱっとスマホを見る。

「あ、ホントだ」

「めずらしい、臣が呼び出しに気づかないなんて」

　賀来がすっと立ち上がった。

「送るよ。今日はまだアルコール入れてないから」

「じゃあ、頼もうかな。神城先生、どうする？　筧《かけい》くんも何ならご一緒にいかがかな」

「助かります。俺、チャリで来たんで。藤枝さん、チャリ置かせてもらっていいですか？」

青年ナースの苗字は、筧というらしい。

「まったく……先生、出かけるなら、ちゃんと携帯持ってってってください」

筧は神城の腕を摑《つか》んで、ぐいぐいと引っ張っている。まるで、大型犬にじゃれかかる子犬だ。城之内はぎりぎりで笑いをこらえる。

〝何だか……可愛いな〟

「ちゃんと持って……あ、充電切れてら」

神城はクラムシェルタイプの携帯電話を取りだして、軽く肩をすくめた。

「まったくもうっ！」

ぷんぷんと怒っている筧に引っ張られながら、神城はふっと振り返った。城之内は、臨戦態勢に入り、きらきらと強い輝きを見せる神城の瞳を見つめた。

そうだ。この人はこういう人だった。医師という仕事に強い誇りを持ち、自分のすべてを捧《ささ》げる人だ。そして、きっと彼のパートナーである筧もまた、そういう人なのだろう。彼らは同じ方向に向かって、同じ熱量で走っていく。

〝そうだ……〟

姫宮を初めてその人と認識した時を思い出す。

知性と理性、そして、強い正義感を持って、どんな相手にでも立ち向かう。自分が正しいと思うところに向かって、一直線に走る。その凜《りん》とした強さに、清廉な輝きに自分は魅せられたのではなかったか。

確かに、彼の美しさには惹《ひ》かれた。そして、思いが通じ合ってからは、そのぬくもりにも溺《おぼ》れた。しかし、それだけではなかったはずだ。

彼と一緒に歩くことを選んだ。彼となら、ずっと肩を並べて歩き続けられると信じたから。彼なら、城之内が闇に迷っても、きっと灯《とも》を点して、手を差し伸べてくれる。迷宮に迷い込んでも、その真《ま》っ直《す》ぐな声で呼び続けてくれる。

「神城先生」

城之内はスツールから下りた。筧にぐいぐい引っ張られながらも、神城も一瞬足を止めてくれる。

「……ありがとうございました」

深々と頭を下げる。

キングと呼ばれ、エースと呼ばれる人は、ひょいと粋《いき》なウインクを贈ってくれた。

「こーら、深春！　そんなに引っ張るな！　肘内障《ちゅうないしょう》になるだろうが！」

「元整形外科医が、何バカなこと言ってんですかっ」

筧の声を最後に、パタンとドアが閉まった。すっと店内が静かになると、ごく低く流れていたジャズピアノが耳に届く。

「over the rainbow……?」

映画『オズの魔法使い』で有名な一曲だ。シンプルで美しいメロディーが、スローなジャズピアノで奏でられている。

「ええ。キース・ジャレットのこのバージョン、大好きなんです」

藤枝が静かに言った。

「虹《にじ》は」

カウンターに残ったグラスを片付けながら、藤枝はさらりと言う。

「虹は見えましたか？」

すぐそこにあるのに、なかなか近づけない。でも、とてもきれいで、ずっと追いかけていきたい。ずっと見つめていたい。

「ええ」

城之内は頷いた。すっかりぬるくなってしまったビールを飲み干して、グラスを置く。

「……やっと見つけました。すぐ近くにありすぎて、ちゃんと見えてなかったみたいです」

「それはそれは」

藤枝が微笑む。

「消える前に見つけられて、何よりです」

ACT 8.

城之内《じょうのうち》の家は、センサーでライトが点《つ》くようになっている。そのため、家の中に誰もいなくても、廊下を歩いていくと明かりは次々に点く。

きっちりとした性格の姫宮《ひめみや》は、靴を玄関に出しっぱなしにすることなどない。出かけても、帰宅すれば、きちんと片付けてしまうので、彼が帰宅しているのかどうかは、玄関に入っただけではわからなかった。

〝もう十時過ぎてるもんな……帰ってるよな……〟

兄はとっくに帰ったようで、ポーチには、城之内の車だけが駐《と》まっていた。

「蓮《れん》……」

少し掠《かす》れた声で、城之内は呼びかける。

「蓮……いるか？」

もしかしたら、二階の自室かもしれない。シャワーだけ浴びて、二階に行こうか。そう思った時だった。

「ああ、お帰りなさい」

涼しい声がふわっと聞こえた。空耳かと思わず立ち止まってしまう。足音が止まったことがわかったのか、キッチンからひょいと姫宮が顔を出す。

「どうしたんです？　そんなところで」

「か、帰ってたのか……？」

思わず口ごもってしまう。姫宮はいつもとまったく変わらない、淡々とした表情のままだ。しかし、その口元は微《かす》かに微笑《ほほえ》んでいる。

「帰っていちゃ、いけませんか？」

「そ、そんなはずないだろっ」

慌てて言い、城之内は姫宮について、キッチンに入った。

「先輩がビーフシチューを置いていってくださいました。明日にでも食べましょう」

「ああ……」

「晩ごはん、食べましたか？　何だか、中途半端な時間に出かけていったって、先輩が仰《おっしゃ》ってましたけど」

姫宮はキッチンで、明日のおべんとうの支度をしていたようだった。作り置きの煮豆を煮たり、野菜をボイルして冷凍しておいたりするのだ。彼は、こういう細々とした作業が好きらしく、音楽を聴いたりしながら、よくキッチンで過ごしている。

「あ、うん……何か適当に食べた」

「最近、それ多いですよ。僕の料理では不満ですか？」

エプロンを外して、姫宮は軽くため息をついた。

「まぁ……プロの料理より落ちることは認めますが」

「そ、そんなことないって……っ！　あんたの料理、めちゃくちゃ美味《おい》しいよ！　そうでなかったら、べんとう作ってくれなんて言わない……っ」

城之内は慌てて言う。

「すげぇ美味《うま》いよ……っ」

ふと、テーブルの上を見て、そこに何本ものドレッシングが並んでいることに気づいた。スーパーなどでは見たことのない豪華な感じのラベルがついていて、瓶もガラスで、おしゃれな形をしている。

「これ……見たことない」

姫宮はドレッシングにもこだわりがあるらしく、いつも決まったメーカーのものを買ってくる。少しお高めのノンオイルのものだ。しかし、これはそれとも違う。

「忘れちゃいましたか？　この前、ゴルフに行った時に買ってきたんですよ。あそこのゴルフ場、すぐ隣にリゾートホテルがついていて、そこのオリジナル商品をいろいろ売ってたんです」

瓶を取り上げてみると、確かにホテルメイドのドレッシングだった。

「この手のものは、オイルドレッシングが多いんですが、ノンオイルだったし、お昼のサラダについていて、試しに食べてみたらすごく美味しかったので、あなたにも食べていただきたいと思って買ってきたんです」

姫宮は微かに笑う。

「でも、何となく出しそびれていて。明日の朝ごはんはグリーンサラダにして、食べてみましょうか」

他にもと言って、姫宮はソースやクッキー、ワインまで見せてくれる。みんな、ホテルメイドのものだ。こんなにたくさん、重かっただろうに、城之内のために持ち帰ってくれたのだ。

「何だか……最近のあなたは、僕と食事をするのが嫌なのではないかと思って」

ワインセラーにワインを戻し、その扉を閉めながら、姫宮がぽつりと言った。

「もしも……僕がここにいることが不快であるなら、いつでも出ていきます。もちろん、仕事はちゃんとします。いえ、仕事上のパートナーも解消したいというのであれば……」

「ちょい待ちちょい待ちっ！」

城之内は思わず叫ぶ。

「そんなこと一言も言ってないだろ！　俺、あんた以外とパートナーになる気なんかないぞっ！」

だめだ。ちゃんと言わなきゃ。いつも、姫宮にばかり言わせてしまう。

察しの悪いバカな俺に、彼はいつもきちんと言葉を届けてくれる。時に俺が閉めようとする扉をきちんと押し開けて、言葉を差し出してくれる。

あなたが知りたいことは、言いたいことはこれですか？　と。

「ごめん。本当にごめん。俺、あんたのこと、何も知らないのが、何かすごい悔しくて。俺よりも、兄貴や望月《もちづき》先生の方が、あんたのことよく知ってるのが、すごい悔しくて」

「それは、先輩や望月先生とのお付き合いの方が長いのですから」

「うん、わかってる。わかってるんだけどさ……」

どう言えば伝わるのだろう。城之内は必死に考える。どう言えば、彼を傷つけずに、この胸の内が伝わる。

「俺、蓮のことがものすごく……好きなんだ」

いくら考えても、かっこいい言葉なんか出てこない。出てこないから、一番わかりやすい言葉で伝えるしかない。真《ま》っ直《す》ぐで、彼の胸に突き刺さって、抜けなくなる言葉で。

「蓮のこと、何もかも全部知りたいくらい……知らない自分が許せないくらい……好きなんだ……っ」

そして、彼を抱きしめる。ぎゅっと強く。二人の身体《からだ》が一つになるくらい強く。

「……びっくりさせないでください」

腕の中で、彼がつぶやく。城之内の肩に頰《ほお》を押しつけ、その背中にそっと両手を回して。

「あなた、感情の振り幅が大きすぎます。たまに……ついていけなくなります」

「うん……ごめん」

自分でも、どうしていいのかわからない。それなりに恋愛の経験は積んできて、偏差値は高めだと思ってきたのに、彼の前に出ると、ただひたすらぐだぐだになるだけだ。

「ごめん……」

「でも、そんなあなたに振り回されるのも」

姫宮の声が甘やかに、耳元に吹き込まれる。

「悪くありません」

え？　と思わず身体を少し離して、彼の顔を覗《のぞ》き込《こ》む。

〝うわ……〟

彼は微笑んでいた。栗色《くりいろ》の瞳《ひとみ》が優しげに細められ、桜色の唇は口角がきゅっと上がり、そう、これ以上ないくらいきれいに、艶《あで》やかに。

城之内だけが見ることを許された、彼の微笑み。ほんのりと染まった目元から、艶《つや》がこぼれ落ちるような……そんな微笑みだ。

〝こんな蓮を見られるのは……俺だけなんだ……〟

過去なんか、いくら知っていたところで何になる。今ここにいる姫宮蓮がすべてだ。この冷たくて、甘くて、柔らかくて、いい香りのする彼を抱いている。それ以外に、何がほしいというのか。

「……ほしい」

彼の耳元にささやく。

「どうしようもなく……今、蓮がほしい……」

答えようと薄く開いた唇に、唇を重ねていく。彼の細い腰を引き寄せ、しなやかな背中を抱きしめて、微笑む唇を深いキスで奪う。

「……ん……っ」

ずっとキスもしていなかった。こんな風に抱き合うこともなかった。彼の唇の熱さ……吐息の甘さ……微かに洩《も》れる声の艶、すべてを忘れかけていた。

小さな音を立てて唇を離し、また深く重ねていく。彼の腕が、すがるように城之内の背中を抱く。まるで、何かを確かめるように、幾度も幾度も撫《な》でさすり、シャツをきつく摑《つか》んでくる。恐れるようにそっと彼の唇の間に舌を差し入れると、彼の熱い舌がすぐに絡んできた。息をする間も惜しんで、ただお互いの吐息を、唇を求める。

「……僕も……」

彼の微かな吐息混じりの声。

「あなたが……ものすごくほしい……」

二人で倒れ込むベッドは、すべすべのシーツがひんやりと冷たくて、少し火照った肌には気持ちよかった。

「シーツ、替えたんだ？」

姫宮のベッドのシーツは、ここに引っ越してきてから、ずっと白いものだったのだが、今日はダークブルーに変わっていた。ダークな色合いのシーツに、彼のクリーム色の素肌が映えて、どきりとしてしまう。

「……ええ」

シャツのボタンをすべて外され、ほの白い素肌をさらして、彼がくすりと笑った。

「あなたを誘おうと思って」

「え」

いや、確かにそそられる。色白の肌が溶け込みそうな白いシーツも、なかなか風情があったが、濃色のシーツは、その上に横たわると身体のラインがくっきりと見える。彼の身体の美しさが際立って、たまらない。

「冗談です」

　彼はくすくす笑っている。

「デパートに行ったら、肌触りのいいシルクのシーツが安くなっていたので、買ってみたんです。たぶん、この色のせいでセールになったのではないかと」

「色？　いいじゃん……」

　ダークブルーのシーツなんて、考えたこともなかったが、こうして見ると……なかなかである。これは……間違いなく、恋人を寝かせるためのシーツだ。

「すごく……蓮がきれいに見える」

「今までは、きれいに見えませんでしたか？」

　くすくすと楽しそうに笑い続ける彼を、するりと裸にする。

　奇跡的なまでに、美しくバランスの取れた身体だ。スポーツをやっている、もしくはやっていたアスリート寄りの身体は、なかなかきれいにバランスの取れたものにはならない。プロトレーナーの指導の下に鍛え上げられた超一流アスリートでなければ、どこかに必ず癖やゆがみが出てしまう。しかし、姫宮の身体は見事なまでにバランスの取れた、美しい身体だった。

「今日は……ずいぶんとじっくり見てますね」

　少し居心地悪そうに、恥ずかしそうに、彼がつぶやく。

「あんまり見ると……減りますよ」

「それは困る」

城之内は、着ていた長袖《ながそで》のTシャツを性急に脱ぎ捨てた。ベッドに沈めた恋人の柔らかい素肌に、ゆっくりと身体を重ねていく。そして、彼の美しい肌を唇で味わいながら、器用に全部脱ぎ捨てる。

「すっげぇ久しぶり……」

同じベッドに休んでいても、指先さえ触れることがなかった。身体の距離は近いのに、心の距離は果てしなく遠かった。

「ずっと……寂しかった」

姫宮がぽつりと言う。城之内の背中に両手を回し、きゅっとしがみつくような仕草を見せながら、しっかりとした肩に頬を寄せる。

「おかしいですよね。手を伸ばせば、あなたに触れることができるはずなのに。何だか……あなたがものすごく遠くにいるような気がして……」

「俺も」

ほんのりと血の色を昇らせた耳たぶに、軽くキスをする。

「近くに引き寄せたはずだったのに……蓮が急に遠くに行っちまった気がした。俺が近づこうとすればするほど、蓮は離れていく。俺の知らない蓮がどんどん増えて……遠くに行

く……」

見つめ合う。睫毛《まつげ》が触れそうなほど近くで見つめ合う。そして、引き寄せられるように唇を重ねる。

微かな音を立てて、唇が離れる。今度は彼の方から求めてくる。城之内の髪に指を潜り込ませて引き寄せ、舌先で軽く唇を舐《な》める仕草がたまらなく色っぽく、妙に可愛《かわい》らしい。

「おかしいよな……」

「ええ、おかしいです」

交わす甘すぎるキス。飽きることもなく、お互いの唇を味わう。重ねては離れ、またじゃれるように重ねる。

「……こんなにそばにいるのに」

彼の柔らかな手のひらが、城之内の肩を包み、きゅっと引き寄せる。

「ああ……本当だ」

滑らかな胸にゆっくりと頬を埋《うず》める。トクントクンと規則的な鼓動が、少しずつ少しずつ早まり、強く脈打つ。

「蓮、すげぇどきどきしてるぞ……」

少し濃いめのピンク色をした乳首に舌を触れると、きゅっと先の方から固くなっていく。

「ん……」

舌でゆっくり味わう。片方を軽く摘まんでいじり、もう片方を繰り返し舐めていると、彼が甘い声を上げた。

「しつこい……ですよ……」

「……じゃあ、やめようか？」

ピンと固く尖《とが》り立《た》ったところを爪《つめ》で弾くと、ヒクンと仰《の》け反《ぞ》る。

「……あ……ん……っ」

ベッドの中の彼は、いつものクールな顔を脱ぎ捨てる。身に纏《まと》っているものと一緒に、澄ました表情の仮面を脱ぎ捨てて、恋人の愛撫《あいぶ》に素直に感じ、素直に応《こた》える。

「蓮……」

二人の温《ぬる》む肌であたたまったシーツから、彼の小さな尻《しり》を抱き上げると、すらりと引き締まった太股《ふともも》が開いていく。すべすべとした柔らかい内股《うちまた》にしずくが一筋、滴っている。

「もう……」

しっとりとした草叢《くさむら》に手を滑り込ませると、固く実り始めたものが触れた。熱い滴が先端から溢《あふ》れている。

「トロトロだな……」

「……すけべ笑いしないでください」

潤んだ瞳で睨《にら》まれても、ただ煽《あお》られるだけだ。

「あ……あん……っ」

両脚を大きく開かせて、その間に自分の身体を入れ込む。着衣の姫宮はすらりと華奢《きゃしゃ》に見えるが、裸になると、きれいに筋肉のついた身体であることがわかる。しなやかで熱い……身体だ。これ以上ないくらいに、城之内とぴたりと嚙《か》み合《あ》う身体。一度知ってしまったら、忘れられず、絶対に放したくない。

掠れた声を洩らす唇にキスを繰り返しながら、彼のお尻を高く抱き上げて、ゆっくりと揉《も》みしだく。

「あ……ああ……ん……っ」

固く膨らんだ乳首が重なる胸に擦れるのか、彼が甘い声を上げる。もともと男性にしてはやや高めのよく通る声なのだが、ベッドで彼が上げる声は、語尾が甘く掠れて、少し舌足らずだ。普段の知的な口調とのギャップが凄《すご》くて、より興奮が募ってしまう。

「聡史《さとし》……さ……ん……」

大きく両脚を開かせて、きれいに閉じている蕾《つぼみ》を、草叢の中で息づく果実からトロトロと溢れてくるしずくで潤す。

「もう……っ」

彼が潤んだ瞳で見つめてくる。ピンク色の舌先が乾いた唇をゆっくりと舐める。

「もう……来て……」

語尾が甘く掠れる。震える舌先がまた唇を舐める。

「もう……我慢……できな……っ」

城之内の手のひらを、自分のものに導く。それはすでに固く実って、城之内の手の中におさまりきらないほどになっている。

「……あなたが……ほしい……っ」

ストレートに飛び込んでくる愛の言葉に、身体全体がジンと痺《しび》れるくらい感じた。

「ああ……俺もだ」

強い指先で、彼の蕾を暴く。不規則に震える花びらを開くと、もう痺れるほどに興奮しきった己の楔《くさび》をぐっと突き入れる。

「ああ……ん……っ！」

彼が大きく仰け反って、高い声を放つ。

「あ……熱……い……っ」

「すげ……っ！　きつ……っ」

きゅうっと絞られて、思わず声を上げてしまう。

「あ……あ……ああ……っ！」

本能のままに、激しく揺さぶると、彼が城之内の背にきつく爪を立てた。

「すご……い……そんな……ところ……まで……」

「蓮の中……最高……すげぇ……気持ちいい……」

今まで抱いた誰よりも、彼の身体は熱くて、そして、気持ちがいい。このまま一つに溶けて、なくなってしまいたくなるくらい、気持ちがいい。意識して快楽を貪《むさぼ》ろうとしなくても、勝手に身体が蠢《うごめ》いて、お互いに一番気持ちよくなるところを探す。

「あ……ああ……ん……っ！」

廊下に誰かいたら、びっくりして飛び込んできそうな声を、彼は上げ続けている。

「あ……っ！　あ……っ！　そ……こ……すご……く……感じ……ああ……ん……っ！」

「蓮……っ！　おまえ……凄い……な……」

快楽のリミッタが外れる。美しいシーツをめちゃくちゃに乱して、彼のほっそりと締まった腰を高く抱え上げ、深く貫いて、激しく揺さぶる。シーツをきつく摑む彼の指が、力を込めるあまりに白くなる。シーツにすら嫉妬《しっと》してしまう。彼にすがられていると思うと、カッと頭が熱くなる。

「あ……何……っ」

シーツから彼の指を引き剝《ひは》がすと、その美しい指先に口づけ、そして、口に含んだ。

「ああ……ん……っ！」

整えられた爪を舌先でなぞり、指と指の間を舐めると、彼の細い腰がひくついた。中にいてもわかるくらい、ひくひくと震え、全身が不規則に軽く痙攣《けいれん》している。

「……気持ちいいんだ……」

意外なところに快感の引き金はあるものだ。彼の細い指、固く尖った乳首、そして、城之内を受け入れ、きつくゆるく愛撫してくれる熱い鞘《さや》をすべて、同時に攻めてやる。

「……っ！」

声にならない悲鳴が上がる。快感のあまり、しなやかな身体が不自然に捻《ねじ》れる。

「蓮……蓮……っ！」

城之内も、もうぎりぎりだ。彼を激しく攻めながら、自分もまた、深い快楽の淵《ふち》に引きずり込まれていく。

「もう……イ……ク……っ」

掠れた声で叫び、彼を深々と貫く。

「蓮……っ！」

一瞬、意識が飛んでしまうくらいの快感に襲われて、城之内は彼の中に、滾《たぎ》るような熱を放っていた。

「どうして、二階にもシャワーがあるんですか？」

シルクのシーツは、ありがたいことに二枚組だったらしい。新しいシーツを敷き（さすがに角を折り込む元気はなかった）、床から拾い上げたふわふわのブランケットの下に滑り込むと、深いため息が洩れた。

「あ？　ああ……リノベした時につけたんだよ。俺、学生時代は体育会系の運動部にいたりしたから、帰りが遅くても、シャワーは浴びたかったんだ。でも、両親は睡眠命で、夜遅くに風呂《ふろ》に入られるとうるさいってんで、俺の部屋の隣にシャワーだけ作ったんだ」

たっぷりと楽しんでしまった。ベッドで激しめにしてから、シャワーを浴びに行き、そこでじゃれているうちに、立ったまま二回目をいたしてしまった。何せ、一つ屋根の下どころか、一つベッドの中にいながら、抱き合うこともない生活をしていたのだ。健康な大人の男としては、あり得ないレベルの禁欲生活をしていたことになる。結局、たがが外れたように、お互いを貪ってしまった。

「まぁ、ありがたいですけど」

かなりの体力おばけである姫宮も、久しぶりのセックスに、それなりにくたびれたらしく、軽くため息をついて、シルクのピローケースに頬を埋めた。

「……ごめん」

きゅっと優しく、城之内は恋人を後ろから抱きしめた。いい香りのする髪に軽くキスをする。

「何か謝らなければならないようなことをしたんですか？」

姫宮がくすりと笑った。

「いや……」

城之内は恋人の首筋に顔を埋め、ボディシャンプーの香りを楽しむ。彼の好きな香りはグリーンノートだ。ボディシャンプーもお揃《そろ》いのものを使っているので、お風呂上がりの彼からは、いつもの香りがする。

「何か俺、一人でぐるぐる回っちゃってて……」

思考の迷路に迷い込んで、同じところをくるくると何度も何度も回ってしまった。

「一周回って、戻ってきたんですか」

城之内の腕の中で寝返りを打つようにして、姫宮はくるりと向きを変えた。さっきまで、夜の余韻に潤んでいた瞳が、今は冴《さ》え冴《ざ》えと輝いている。彼は軽く城之内の唇にキスをした。

「戻ってきてくださったなら、それでいいです。どうやら、あなたの悩みの原因は、僕にあるようですし」

そして、姫宮はゆっくりと起き上がった。シャワーから出た時に着たパジャマは、シーツと一緒に買ってきたというシルクのもので、ものすごく肌触りがいいのだが、とろりとした質感やしっとりとした艶が、妙に色っぽくて、着衣なのに目の毒だ。

「僕が子供の頃からゴルフをやっていたことは、お話ししましたっけ」

城之内は姫宮の膝《ひざ》を枕《まくら》にする。しっかりと筋肉のついた太股は、なかなか寝心地がいい。

「兄貴から聞いた。天才少年だったたって」

「それほどのものじゃありませんよ」

姫宮は苦笑している。

「むしろ、逆ですね。人より早く始めた上に、家の財力もあって、いいコーチについてもらい、練習も恵まれた環境ですることができました。これだけ条件が揃えば、ある程度のレベルまでは、誰だって行けます。僕は自分にゴルフの才能がないことに、かなり早い時期に気づいていました」

「でも、結構優勝してたんだろ？　国際大会にも出てたたって」

「ですから、一種のビギナーズ・ラックというか……ついていたこともありましたし、何せ、他の子たちとは練習に費やす時間とお金がまったく違うんです。ある意味、勝てて当然なんです」

さらりと言う。

「実際、取材に来るマスコミの関心は、僕の実家や大伯父のこと、それに……」

「蓮の美少年ぶり……か」

それはそうだろうと思う。莫大《ばくだい》な資産を持つ財閥の一族に生まれた、絶世の美少年。それだけで話題性はある。マスコミは飛びつくだろう。

「マネージメントなんてしてもらっていませんでしたし、大伯父は、僕をとても可愛がってくれていて、自慢にもしてくれていたので、むしろ、ウチの蓮をもっと取材してくれくらいのことを言っていたのではないかと思います。家族は総帥たる大伯父の意向には逆らえませんから、取材は増える一方で、通っていた私学の初等部から、通学を見合わせてもらえないかと言われるくらいになってしまいました」

「それで英成《えいせい》学院に？」

兄から聞いたことがある。英成学院には、姫宮のような資産家の子弟や、海外生活が長い帰国子女、芸能人、その家族などが、ゴロゴロいると。

そうしたちょっとわけありの入学者が多い理由は、英成学院の、天然の要塞《ようさい》と呼ばれるほどのロケーションにあると言われている。何せ、学校と寮は山の中腹にあり、そこに至る道は、けもの道のようなものを除けば、一本しかなく、セキュリティは恐ろしく厳しいのだという。

「ええ」

姫宮は頷《うなず》いた。

「もちろん、親族が卒業生だったというのもありますが、何よりも、逃げたかった……という要素が強かったように思います。英成なら、マスコミを完全にシャットアウトできると聞いていましたし」

小学生でそこまで考えていたとは、空恐ろしい気もしたが、それだけ追い詰められてもいたのだろう。

「英成に入学してしばらくは、平和でした。英成の生徒は、良くも悪くも有名人慣れしていますから、僕程度のものが目立つことはありませんでしたし、正直、皆それどころではなかったんです。小学校を卒業してすぐに全寮制学校で暮らすことは、それなりに大変でしたから」

〝いや、十分に目立ってたぞ〟

それが証拠に、学年が違う兄が、姫宮の顔から名前まで知っていた。

「……視力が急に落ちたのは、中学一年の夏でした。前にもちらっと言いましたが、それまで、遠視に近いレベルだった視力が一気に弱視レベルまで落ちて、日常生活にも困るようになりました」

「それは……」

生まれつき丈夫で、その上、スポーツでがしがし鍛え上げてきた城之内は、体調不良というものをほとんど経験していない。

「大変……だよな」

城之内のいたわりの言葉に、姫宮は小さく頷く。

「……その時、大伯父が僕を連れていったのが、T大の付属病院で、外来で診てくださったのが、臨床研修を終えたばかりの望月先生でした」

姫宮の指が、優しく城之内の髪を撫でる。

「先生は、僕の症状をストレスから来るものだと仰いました。大伯父は最初、それを信じませんでしたが、入院までして、徹底的に検査をしても、僕の目には何の異常もなくて、心理カウンセラーとしての顔も持っていた望月先生のセラピーで初めて、僕の視力低下は回復し始めたんです」

「セラピー？　どんな？」

姫宮は微笑んだ。

「話をしただけです。たくさんの話を。先生は、僕の拙《つたな》い話を、時には何時間も聞いてくれました」

「何時間も……？」

姫宮が頷く。

「僕は……もう限界だったんだと思います。さっきも言いましたが、僕は本当に大したものじゃなかったんです。でも、大伯父も両親も、そう思わなかった。いや、思いたくなかったのでしょう。姫宮の一族に、平凡な者がいるなどとは」

何だか凄い話になってきた。城之内は一瞬黙り込んでしまった後に、ようやく言った。

「……期待が大きすぎた……ということか?」

「ですね」

彼が肩をすくめた。

「僕はもうぱんぱんになっていて……心身共に限界に来て、そこに新しい環境のストレスが加わって、身体が悲鳴を上げてしまった」

「……でも、あんた、今も目が悪いよな?」

彼はコンタクトを使っている。家にいる時は、眼鏡をかけていることが多い。

「失明寸前の状態が一ヵ月近く続いたので、視神経に無理がかかってしまったのか、視力は完全には元に戻りませんでした。裸眼だと〇・三くらいでしょうか。でも、一時は〇・〇一以下にまで落ちたので、十分だと思います」

姫宮は穏やかな口調で続けた。

「家族とマスコミから切り離されて、僕はとても楽になりました。だから、高校二年の時に膝の靱帯《じんたい》を痛めて、ゴルフを断念せざるを得なかった時も、周囲から傷つけられずに済みました。少し……気持ちを切り替えるだけで済んだんです」

「少し気持ちを切り替えるだけって……」

その一言だけで、姫宮がどんな少年時代を送ったかが、何となくわかってしまった。周囲の期待や興味に押しつぶされてしまった小さな少年。そんな彼を救い上げてくれたのが、望月だったのだ。

「蓮にとって、望月先生は特別なんだな……」

しみじみとつぶやいてしまう。姫宮はそうかもしれませんと頷いた。

「確かに……医者になったのは、先生の影響が強かったかもしれません。先生のように、誰かを救い上げたいと思ったのは本当ですから」

「だよな……」

そして、望月にとっても、姫宮は特別な患者なのだろう。そうでなければ、大学病院の医師が、一人の患者に何時間も割けるはずがない。恐らく、彼はプライベートな時間を使って、姫宮を診ていたのだ。

「なぁ……」

城之内は恐る恐る尋ねた。手を伸ばして、姫宮の頰に軽く触れながら。

「やっぱりさ……好きなわけ？」

「はい？」

城之内の手に手を重ねて、姫宮は優雅に首を傾《かし》げる。

「何のことです？」

「だから……」

言いたくもないが、言わないとわからないらしい。意外と、恋人は鈍感である。

「……望月先生のこと」

「はい……？」

姫宮は何を言われているのかわからないという顔をしていたが、すぐに軽く唇の端を引き上げて笑った。もともと口角が上がっている顔立ちなのだが、そこをよりきゅっと引き上げると、妙に含みのある表情になる。何か、腹の中に黒いものでも持っていそうな表情とでもいうのか。

「まぁ……子供の頃には、正直憧《あこが》れたこともありましたが。僕がトワレをつけるようになったのも、実はあの人の影響です。何の香りかはわかりませんでしたが、あの人の香り……トワレの微かな香りに、僕はとても癒《い》やされました。その記憶がずっと残っていて……」

やっぱり……とがっかりする城之内の指を、姫宮は二本まとめてぎゅうっと握った。

「痛い痛いっ」

「話は最後まで聞きなさい」

出た。ドS口調。凄艶《せいえん》な表情に似合いすぎていて、よけい怖い。

「でも、いい大人になった今となっては、子供が理想の父親に甘えるような感覚かなと思います。大学に入ってからは、視力もメンタルも落ちついたので、一度もお目にかかっていません」

「で、でもさ」

城之内はがばっと起き上がった。

「デパートで……デートしてたって……」

「何がデートですか」

今度は思い切り耳を引っ張られた。

「痛い痛いっ！　マジやめて」

容赦がない。恋人同士のじゃれ合いの域を超えて、これはもうＳＭだ。

「まったく……」

呆《あき》れかえったようにため息をつくと、姫宮はすっと身体を滑らせて、ベッドから脚を下ろした。

「え？」

そのままベッドから出て、すうっとドアに向かい、ベッドルームを出ていってしまう。

「う、嘘《うそ》」

怒らせてしまったのだろうか。ベッドから出て追いかけようとしたのだが、しっとりとしたシルクのシーツとふわふわのブランケットが身体に絡みついていて、なかなか抜け出せない。じたばたしているうちに、姫宮が戻ってきた。

「何をやっているんですか」

ベッドに捕まえられて、動けなくなっている城之内を、心から呆れた表情で見やってから、彼はすっと手を貸して、救い出してくれた。

「さ、サンキュ……」

「あなたって、ものすごくかっこいいのに……しばしば間抜けですよね」

「褒めるか落とすか、どっちかにしてくれ」

「褒めてはいません」

ばっさりと言って、姫宮はベッドに座った城之内の膝の上に、細長い箱のようなものを置いた。

「何？」

両手に載るくらいのものだ。シックな濃紺のラッピングに銀色のリボンが結ばれている。

「当日にお渡ししようと思っていたのですが、まぁ、いいでしょう」

「……開けていい？」

「どうぞ」

リボンを解き、丁寧にラッピングを剝がすと、中に入っていたのは、マットな黒のケースだった。そっと開いてみる。

「……万年筆？」

　ケースの中には、美しい万年筆が入っていた。オーロラのように揺らめいて見えるマルチカラーのペン軸に、思わず視線が引きつけられる。

「きれいだな……」

　そっと手に取ると、指に吸い付くようだ。しっとりと柔らかな感触が手に馴染《なじ》む。

「変な言い方だけど……ものすごく……セクシーだ」

「建築家のマルチェロ・ニッツォーリがデザインしたものの復刻版だそうです。とても機能的で美しい……一目で惹《ひ》かれました」

　姫宮が隣に座った。ベッドがふわっと沈む。

「もうじきお誕生日でしたよね？」

　城之内はびっくりして、姫宮を見つめる。どきりとするほど美しく微笑む恋人は、まさに光り輝くようだ。

「……何だか、後光が射《さ》して見える」

　正直に言うと、呆れた顔で肩をすくめられた。

「馬鹿《ばか》なことを」

「いや、マジに。覚えててくれたんだ」

「忘れたくても、忘れられませんよ」

城之内の誕生日は七月七日である。七夕さまだ。

「去年はまだ、お祝いできるような間柄ではありませんでしたから」

ようやくピンときた。鈍いにもほどがある。

「あのさ、もしかして、これ買いにデパートに行ってくれたとか？」

「取り寄せが必要なものになるかもしれないので、少し余裕を見て、買いに行きました。あなたへのプレゼントを」

姫宮は少し照れたように、視線を遠くに遊ばせている。

「何にしようかとうろうろしていたところ、たまたま買い物にいらしていた望月先生にお目にかかりました。あの方は文具コレクターですので、プレゼントには万年筆がいいのではないかとアドバイスをいただいて、そのお礼にお茶をご一緒したんです」

「すごく素敵だけどさ、何で、万年筆？」

プレゼントされた万年筆を大切にケースにしまい、そっとナイトテーブルに置く。

「プレゼントは、自分で買わないようなものにした方がいいと、先生にアドバイスいただきました。そうすれば、お持ちのものと被《かぶ》らないと」

「ああ……確かに」

「先生のおすすめはドイツ製のものでしたが、僕はこの……イタリア製のアウロラに一目《ひとめ》惚《ほ》れしてしまったので、これに決めました。とても……美しかったので」

「うん……」

　城之内は頷く。

「いろいろな色が混じっていて、揺らめくようで……まるで蓮みたいだな」

　ものすごく有能で美しくて、触れるとセクシーな……最高の恋人みたいだ。

「ありがとうございます。気に入っていただけて何よりです」

　にっこり。全開の微笑みに相好を崩しかけて、いや待てよと思う。こういう笑顔の時の姫宮は危険だ。言葉の弾丸とか爆弾を隠し持っているのだ。

「さて」

　ほら来た。

「それでは、あなたの言い訳を聞きましょうか」

「い、言い訳？　俺、何かした？　いや、一人でくるくる回って、蓮に寂しい思いさせたことは……」

「あの可愛らしい医学生さんを、わざわざクリニックに連れてきたのはなぜですか？」

　そっち？　そこか？

「いや、あれは診療の一環で……」

「時間外に診ることも診療の一環ですか？　スタッフ同様の扱いをするのも？」

「い、いやいやいや……」

後ろめたいところがあるのは否定しない。確かに、自分は早瀬《はやせ》が寄せてくれる好意に甘えようとしていた。愛することの苦しさから逃げるために、早瀬のむき出しの好意を利用しようとした。

「僕に嫉妬させたかったんですか？　言っておきますが、僕は寛大な質《たち》ではありません。僕が愛する分だけ、あなたには愛していただかないと許しません」

「え？　わぁ……っ！」

いきなり、ものすごい力でベッドに押し倒された。パジャマを素早く脱ぎ捨てた姫宮が上に跨《またが》ってくる。

「うわぁ……」

絶景すぎる。むちゃくちゃきれいな身体の恋人が、自分から裸になり、大きく脚を開いて、跨ってきたのだ。これで反応しなかったら、もう男というか、人間をやめた方がいい。容赦なく、下着に手を突っ込まれて、むくりと反応したものを引きずり出される。

「……まだやる気か？」

いや、こっちはやる気十分だが。彼の柔らかい手のひらに育てられて、こっちのものはあっという間に完全に勃《た》ち上《あ》がる。

「まだ二回しかしてません」

彼がふふっと笑う。きゅっと唇の端が吊《つ》り上《あ》がって、悪い顔になる。

「……お預けはもうごめんです」

プラトニックな関係も、それなりに緊張感があって嫌いではない。しかし、やはり、この特別な熱を味わってしまうと、どうしても恋人がほしくなる。そのしなやかな身体を抱いて、深々と貫き、一つに溶けて、気を失いそうなほどの快楽の中に沈みたいと思う。

「……っ！」

彼の小さなお尻を両手で揉みしだきながら、滑らかな谷間を大きく押し開いた。まだ十分に柔らかいままの蕾に向かって、ぐうっと腰を突き上げる。

「ああ……ん……っ！」

一気に深々と貫かれて、城之内の肩を痣《あざ》がつきそうなほどにきつく摑んだ彼が、大きく仰け反った。

「あ……あ……っ！　あ……ん……っ！　ん……っ！」

身体を上下に揺らしながら、快楽を貪る。いつも清廉なイメージの恋人が、快感に瞳を潤ませ、淫《みだ》らに身体を揺らす。

俺のものだ。こいつは……俺だけのものだ。

息を乱しながら、胸に倒れ込んできた姫宮を抱きしめ、そのこらえきれない喘《あえ》ぎを深いキスで奪う。

おまえは……俺だけのもの。俺は……おまえだけのものだ。

ACT 9.

レントゲン写真を投影するビューワーには、ぽっきり折れている左手首が映し出されている。

「うーん……」

城之内《じょうのうち》は少し首を傾《かし》げて、考えていた。心配そうに見ている患者の視線を感じる。

「手術したい？」

一応聞いてみるが、患者はぶんぶんと首を横に振る。

梅雨時の雨で濡《ぬ》れた床で足を滑らせ、買い物中に転倒した女性患者だった。左橈《とう》骨《こつ》遠位端骨折。左手首の骨折だ。転位がなければ、このままギプスを巻いてしまうのだが、アライメント（骨折した骨の角度）があまりよくない。できたら、観血整復（手術）したいところなのだが、ここにはその設備がない。やるとしたら、病院に紹介しなければならない。

「だよねぇ」

観血整復なら入院だ。簡単に頷《うなず》くことはできないだろう。

「南《みなみ》」

「はぁい」

後ろにいた南に声をかける。

「高井《たかい》に言って、イメージ用意させて」

「はい、了解です」

クリニックには、Cアームと呼ばれる外科用イメージがある。整形外科の手術の時に使うX線透視装置だ。今は設備の関係もあって、イメージを使うような骨接合術はやっていないが、父が祖父の後を継いだ頃には、まだ簡単な骨接合はやっていたのだという。その頃の名残で、まだイメージだけが置いてある。

「あのさ」

城之内は患者に向き直った。

「骨折の骨の角度があんまりよくない。これ見て。わかる？　骨が折れて、手首が曲がっちゃってる」

レントゲンを示しながら、補助線を引いて、正しい骨の角度を説明する。

「このままくっついちゃうと、手首が曲がらなくなったり、起きなくなったりする。それじゃ困るから、透視……レントゲンを見ながら、この骨をできるだけ真《ま》っ直《す》ぐにする」

「い、痛くないんですか?」

患者に聞かれて、城之内はうんと頷く。

「痛いよ。だから麻酔をして、骨をできるだけ戻して、ギプスを巻く。それで一週間様子を見て、きれいにくっついてくれるようだったら、そのまま。骨の角度がよくないようだったら、諦《あきら》めて手術してもらう。どう?」

患者がこっくり頷いた。

「それでいいです。よろしくお願いします」

「じゃ、こちらへ」

南が患者をレントゲン室に誘導する。城之内はふうっとため息をついて、立ち上がった。

「高井、左右反転して」

「はぁい」

病院の手術室で見ていたデジタルのイメージとは比べものにならない解像度だが、慣れてくるとちゃんと見えてくる。局所麻酔はしていても、骨折した骨をごりごりと整復しているのだから、これは痛い。できるだけ素早く終わらせなければならない。角度を変えて、骨折の転位を把握する。

「ちょっと……我慢な」

患者の手首をぐっと摑《つか》み、一気に整復する。手首を屈曲位で固定し、角度を変えて、透視下で確認する。

「下巻きちょうだい。南、患者さんの手引っ張ってて」

「はぁい」

「ギプス何号ですか？」

介助についていた富永《とみなが》が尋ねる。

「3号一本でいいかな」

ふわふわの下巻きを手早く巻いてから、使い捨てのディスポーザブルグローブをして、富永が水に浸し、絞ったプラスチックギプスを巻いていく。巻き終わりを油分の入ったクリームで馴《な》らして終わりだ。

「高井、整復後のレントゲン撮って。撮影が終わったら、三角巾《さんかくきん》固定して、診察室に」

「了解でーす」

手袋をゴミ箱に捨てると、城之内は患者の肩をぽんと叩《たた》き、レントゲン室を出た。

「え？　蓮？」

診察室に戻ると、姫宮《ひめみや》が待っていた。思わず時計を見上げると、ちょうどお昼だ。

「終わりそうですか？」

「あ、ああ。今、骨折の整復してきたから、それを確認したら終わりだ。どうした？」

姫宮が頷いた。

「患者さんから、『le cocon《ルココン》』というカフェ&バーのランチが美味《おい》しいと聞きました。ここから歩いていける距離ということなので、行ってみませんか？」

今日はおべんとうなしの日だ。毎日ではお互いにプレッシャーになってしまうので、週に二回はおべんとう以外のランチを摂《と》ることにしている。

「『le cocon』なら知ってる。へぇ、あそこランチもやってんのか」

「限定だそうです」

姫宮が嬉《うれ》しそうに言う。彼がこういう顔をするのはめずらしいのだが、澄ました外見を裏切って、なかなかの健啖《けんたん》家の彼である。美味しいものは大好きなのだ。

「じゃあ、電話しておくよ」

「わかりました。上で待っています」

すっとバックヤードに姿を消した姫宮だったが、すぐにひょいと戻ってきた。

「どうした？」

椅子《いす》に座って、城之内は姫宮を見上げる。姫宮の視線はちょっとひんやりしている。

「いつの間に、そんなに素敵なバーに通ってたんです？」

「え？」

「素敵なバーテンダーさんの作るカクテルがとても美味しいバーだそうです。そんなところに、一人で通ってたんですか？」

そう言えば、連れていこう連れていこうと思いつつ、すっかり忘れていた。

「そう言えば確か、前に連れていってくださると言っていたような気もしますが」

「そうだ。そんなことを言った気もする。うわぁ、きれいさっぱり忘れていた。

ごめん。とりあえず、ランチに行こう。夜にも連れていきます」

「あまり期待しないで待っています」

くすりと少し怖い笑いを浮かべて、姫宮は去っていったのだった。


その日の夜は、夜間診療の当番だった。

傘をたたんで、診療所の玄関を入ると、顔馴染《かおなじ》みになった事務員が顔を出す。

「お疲れ様」

「お疲れ様です。先生、外は雨ですか？」

「ああ、結構降ってるから、今日は暇かもな」

クリニックからここまでは歩いて十五分くらいの距離だが、さすがにケーシー姿で来るわけにはいかないので、城之内はラフな私服で来ていた。持ってきた白衣を羽織る。たたんで持ってくるとしわになると愚痴を言ったら、姫宮がしわになりにくいハーフ丈の白衣を買ってくれた。丈が短いと、最初は何だか心許《こころもと》ない気がしたものだが、慣れてしまうと、動きやすいし座りやすい。

「よろしくお願いしま……」

診察室に入ろうとして、城之内はぴたりと足を止めた。

〝げ〟

診察室で、ナースの菅原《すがわら》と談笑していたのは、ダンディで貴族的な風貌《ふうぼう》の人だった。

「あ、あれ？　今日、俺じゃなかったっけ」

「いいえ」

おっとりとした口調で、とびきりの美声が答えてくれる。

「今日は、城之内先生の当番です」

アスコットタイとイタリアンスタイルのジャケットが嫌味なく似合う伊達《だて》男はそういない。まったく、この望月《もちづき》という眼科医は一筋縄ではいかないタイプだ。整った容姿をしているのに、どこか粋《いき》で飄々《ひょうひょう》とした雰囲気を持つ人は、にっこりと笑顔を向けてくれる。

「私は備品の管理に来ました。夜の診療時にしか開けないところなので、たまに覗《のぞ》かないと、いろいろなものが足りなくなったりするんですよ」

望月は、タブレットを手にしていた。これで在庫管理をして、発注をかけたりするのだろう。そんな雑用は事務員やナースがやると思っていた城之内は少し驚く。こんなことまで、医師会の幹部がやっているのか。

「先生、抗ヒスタミン剤の注射薬がそろそろ期限切れになるんですけど、どうしましょう。廃棄にしますか？」

「うーん……夜は蜂刺《はちさ》しもあまり来ないでしょうしねぇ」

「でも、ゼロじゃないあたりが困るんですけどね」

菅原が笑っている。

「たまにいるんですよ。夜に蜂の巣の処分とかをやろうとする人」

「そんなのまで来るんですか？」

びっくりしている城之内に、望月は何でもありですよと笑う。

「夜間なのに、一週間前から胃が痛いとか、昨日から熱があるとかね。平気で来ますよ。中には、継続的に飲んでいる定期処方薬をもらい忘れたから、二ヵ月分出してくれとかね」

「それ……出すんですか？」

思わず聞いてしまう。望月はまさかと言う。

「私は一日分だけ処方します。明日にはかかりつけにもらいに行けという意味ですね。でも、中にはお薬手帳を確認した上で、処方してしまう先生もいらっしゃいます。そういうコンビニ受診には応じない取り決めなんですが、まぁ、なかなか難しいですね」

「はぁ……」

やはり雨のせいか、待合室は静かだ。在庫確認を終わらせた菅原が、事務室でコーヒーをいれて、持ってきてくれた。インスタントかもしれないが、香りは悪くない。

「ああ、そう言えば」

熱いコーヒーを飲みながら、城之内は言った。

「ウチの姫宮がお世話になったそうで」

「はい？」

「いえ、デパートで、先生に万年筆を見立てていただいたと言っていたので」

「ああ……」

望月がにこりとした。

「でも、蓮《れん》くんのものじゃなかったようですね。リボンをかけてくださいと言っているのを聞いて、少しがっかりしました」

「はは……」

〝プレゼントだって知ってたくせに……〟

姫宮が贈ってくれた万年筆には、二人で出かけた高級文具の店で選んだブルーブラックのインクを入れた。毎日使わないと、万年筆は傷むとアドバイスされたので、日記というほどのものではないが、開業してから書き始めた覚え書きを、パソコンでの記録から手書きに変えた。医師あるあるで、手書き文字はあまり上手《うま》くない城之内だが、素敵な万年筆で書くと、それなりに味がある。手書きが好きになりそうだ。

「城之内先生」

菅原が事務室に行ったのを見送って、望月が言った。少し内緒話の風情だ。

「はい？」

何でしょうかと応じると、望月は焦《じ》らすように、ゆっくりとコーヒーを飲む。

「……私が、なぜまったく縁もゆかりもないここで開業したか、おわかりですか？」

「え……」

城之内はまじまじと望月を見る。彼の端整な顔からは、何もうかがえない。微笑《ほほえ》みのポーカーフェイスである。

「いえ……俺の兄……リーガル製薬のＭＲなんですけど、兄に聞いても、わからないって言ってました。先生は、謎《なぞ》の人と呼ばれているそうです」

「謎の人ですか」

望月がくっくっと笑う。

「そうですねぇ。開業の世話をしてくれた人からも聞かれましたよ。眼科が不足しているから、来てくれるのはありがたいが、なぜここなのかってね。こちらから、聖原市《みはら》で眼科が開業できるところはないかと聞きましたので」

「え、ピンポイントだったんですか」

聖原市は、比較的医療事情のよい場所である。隣接した区に東興《とうこう》学院大の付属病院があるし、市内には、救命救急センターとドクターヘリを擁する聖生会《せいせいかい》中央病院、高度外科医療に特化した至誠会《しせいかい》外科病院があり、他にも、佐倉《さくら》総合病院、聖生会第二病院、そして、多くの開業医がある。そこをわざわざ選んで開業したのは、なぜか。

「ええ。いろいろあって、T大を退職すると決めた時、あちこちから開業や共同経営のお誘いはいただきましたが、私は聖原市で開業すると決めていました」

望月はゆったりとした口調で言う。

「そこに蓮くんがいましたから」

「え」

思わず、望月を見てしまう。

〝し、七年前だろ？　姫宮は……俺と同い年だから……えーと……〟

「当時、蓮くんはT大に所属したまま、あちこちを派遣で動いていました。その中に聖生会中央病院があって、蓮くんに就職のオファーが出ていることは知っていたので」

「な、何で知ってたんですか……？」

姫宮は大学に入ってから、望月とは会っていないと言っていた。

「世間は狭いものですよ」

望月は食えない口調で、しれっと言う。

「蓮くんとは同じT大の医局でしたし、何せ、彼は有名人だ。姫宮財閥の一員で、あの通りのルックスの持ち主です。ちょっと探れば、その動向は知れますよ」

〝何か怖いこと言ってないか？　この人……〟

「えと……」

「と言ったら、どうしますか？」

望月がくすりと笑う。薄い唇の端がくっと引き上がるのは、姫宮が悪いことを言う時と同じだ。

「望月先生……っ」

城之内は椅子から転がり落ちそうになる。

「何なんですか……っ」

「城之内せんせーい」

その時、廊下から菅原の声がした。

「患者さんです。包丁で手を切った方です」

「はいよー」

反射的に返事をする。

「診るよ。処置室に入ってもらって」

「はぁい！」

振り返ると、望月が座っていた診察用ベッドから腰を上げるところだった。コーヒーを飲み干し、カップを指先にぶら下げる。

「患者さんがいらしたようなので、私はそろそろ失礼します」

「あ、はい……」

突っ込みたいのは山々だが、今は患者が優先だ。勘弁してほしいところだが、どうやらこの人とはこれからも関《かか》わり合《あ》いを持たなければならないようだ。何せ、医師会のお偉いさんで、近所の開業医で、そして。

〝蓮を……助けてくれた人だ〟

孤独な姫宮を救ってくれた人。望月がいなかったら、たぶん今の姫宮はいない。強くて美しくて、そして、誰よりも魅力的な姫宮蓮はいない。

「お疲れ様でした」

城之内は椅子から立ち上がり、望月に頭を下げる。

「お疲れ様です」

望月は優雅な口調で言う。

「では失礼します。本日の当番、よろしくお願いいたします」

「はい」

望月がすっと、城之内の横を通る。ふわりと香る柔らかなトワレ。しっとりとした大人の香り。これが姫宮が憧れた香りか。通り過ぎる瞬間に、彼は言った。

「いずれまた、ゆっくりと」

ぎょっとして顔を上げた時には、すでに診察室の扉は閉まろうとしていた。

「ゆっくりって……何なんだよ……」

何か怖いぞ。

〝蓮の怖いところって……何か、あの人の怖さに似てないか？〟

じんわり怖い。背中をそっと冷たい刃で撫《な》で上《あ》げるような怖さ。

城之内は、医師としては無敵で、どんな患者にも、どんなケガにも、どんな病気にも果敢に立ち向かう覚悟がある。しかし。

「何か……俺って弱くね？」

ずっとずっと無敵で、自分の思う通りに生きてきたのに、姫宮蓮に出会った日から、城之内の人生はぐるりと反転してしまった。

「せんせーい！」

「はいはいっ」

とりあえず、まずは目の前の患者だ。手の届く人の痛みを癒《い》やして、そして、それから考えよう。

「今行くっ」

見慣れてしまった大きなドアは、ヨーロッパからわざわざ取り寄せたのだと聞いた。

『このサイズは、国産の規格にないんです。特注で作る方法もあったんですが、一枚ものの素材を選んで、金具や装飾を選んでとなると、個人で輸入してしまった方が安くついたので』

このドアのことを聞いた時の藤枝《ふじえだ》の話である。

『ｌｅ ｃｏｃｏｎ』は住宅街の中にある。看板もネオンもないし、ウェブサイトもなく、グルメサイトへの登録や取材も一切拒否という店なので、口コミで訪れるしかない。城之内も、聖生会中央病院付属救命救急センターの医師である森住英輔《もりずみえいすけ》に教えてもらうまで、クリニックのすぐそばにあるこの店にまったく気づかなかった。

城之内は、バータイムにしか訪れたことがなかったせいか、この前、姫宮とランチに来た時は、何だか別の店のような気がしてしまった。ワインカラーで統一されていたシックな店内は窓に下りていたスクリーンがすべて上げられ、レースのカーテンが揺れていた。

磨き上げられ、黒のコースターが置かれていたカウンターは、白のリネンにレースの縁取りのランチョンマットが敷かれ、ハーブを生けたグラスが爽《さわ》やかだ。黒のベストにタイ姿だった藤枝は、白いシャツに黒のエプロンという格好で、びっくりするくらい美味しいフレンチスタイルのランチを振る舞ってくれた。

「うん、今日はバーだな……」

　夜間診療を終え、いつもの習慣でスマホを見ると、姫宮からメッセージが入っていた。

『「ｌｅ ｃｏｃｏｎ」にいます。よろしかったら、夜間診療の後、来てください』

　発信は十五分ほど前だ。きっとまだいるだろう。

「いらっしゃいませ」

　カランとドアの上の方につけたカウベルの音と共に、藤枝の艶《つや》やかな声。夜バージョンの彼は、着ているものが違うだけなのだが、何だか声の調子まで違うようだ。しっとりとした極めつきの美声が、より色っぽく響く。

「こんばんは。席ある？」

　店内はそれほど混《こ》み合《あ》ってはいない。週末ではないせいだろう。週末で、店のすぐ前の美術館でイベントがあったりすると、ここはあっという間に満席になってしまう。しかし、今日は余裕があるようだ。

「ここですよ」

聞き慣れたクールな丁寧口調と、よく通る高めの声。恋人の声に、思わずにんまりしてそちらを見て、城之内はぴたりと固まった。

〝うそ……〟

「では、お隣に席をお作りしましょう」

固まる城之内に気づいているのかいないのか、藤枝は姫宮の隣にコースターを置いてくれた。座るしかない。

「早かったですね」

姫宮が言った。彼の前には、美しいグリーンのカクテルが置かれていた。うっすらと霧を纏《まと》ったようなグラスが涼しげだ。

「……それ何？」

ようやく言った。姫宮は黙って微笑み、からりとグラスを鳴らしただけだったが、藤枝が答えてくれる。

「アフター・ミッドナイト。ウォッカベースのカクテルです」

姫宮はかなり酒が強い。さすがに、ザルとか枠とか言われる城之内兄弟ほどではないが、酔ってふわっと肌が桜色になることはあっても、前後不覚になるようなことはない。むしろ、酒は好きなようで、家でもよくワインやウイスキーを飲んでいる。

「何にいたしましょう」

藤枝が、いつものようにラベンダーの香りのするおしぼりを差し出してくれる。城之内は少し考えてから言った。

「ちょっと……喉《のど》が渇いてるから、ジン・フィズを」

「かしこまりました」

とりあえず、藤枝が出してくれたミネラルウォーターにレモンスライスを入れたものをぐっと一息に飲む。

「喉が渇いているのは、僕の隣の人のせいですか？」

姫宮が切れ長の目で、ちらりと城之内を見た。場所がバーでなかったら、そのままベッドに引きずり込みたいような目つきだ。まったく……嫌になる。

「わかってんなら、何で、俺を呼ぶんだよっ」

「せーんせい」

姫宮の向こうに座っていた青年が、甘えた調子で言った。

「俺が呼んでもらったんだよ。だって、俺、先生のメアドもアカウントも知らないんだもん」

なぜか、姫宮の隣にいるのは早瀬《はやせ》だった。すっきりと澄んだ目をしている姫宮に対して、早瀬はとろんと潤んだ目をしている。どうやら、彼はあまり酒に強くないらしい。

「おまえ、一人で来たのかよ」

城之内の問いに、早瀬はううんと首を横に振る。

「高井さんと美濃部《みのべ》さんに連れてきてもらったんだよ。でも、二人とももう帰っちゃった」

「無責任なやつらだな」

思わず顔をしかめると、姫宮が肩をすくめた。

「美濃部くんが風邪気味で、咳《せき》をしていたんです。だから、僕が帰らせました。高井くんは美濃部くんを送っていきました」

「蓮」

城之内はそっと姫宮にささやく。

「じゃあ、この酔っ払い小僧の面倒、俺たちが見るのかよっ」

「もう飲ませてません」

しかし、早瀬の前にあるのは、どう見てもビールだ。

「ノンアルコールですよ」

城之内の視線に、藤枝が答えた。

「ヴェリタスブロイピュアアンドフリー。ドイツのノンアルコールビールです。向こうのものは、ノンアルコールと言っても、一％以下のアルコールが含まれている場合もあるんですが、これは本当のノンアルコールです。酔うことはありません」

「でもねー、ちゃんとビールの味がするよー」

「水でも飲ませといてください」

ぴしゃりと言って、城之内はため息をつく。せっかく、初めて恋人とバーにいるのに、何でおまけがいるんだ。

「お待たせいたしました」

すっとグラスが差し出された。

「ジン・フィズでございます」

ジン・フィズは、ドライ・ジンとレモンジュース、砂糖をシェイクし、グラスに入れて、冷やしたソーダで満たすカクテルだ。甘いジン・フィズもよく見かけるが、『ｌｅｃｏｃｏｎ』のものは砂糖が少なく、レモンジュースも甘みのほとんどないものを使っているので、かなりキリッとしたドライな感じがする。

「……うん、美味しい」

「ありがとうございます。今日はちょっといつもと違うジンを使ったのですが、おわかりでしたか？」

藤枝がいたずらっぽく笑っている。彼はすっとカウンターの下に手を入れると、ジンのボトルを城之内たちの前に差し出した。

「わ、可愛《かわい》いっ」

早瀬が声を上げる。ジンのボトルには、キュートなネコのイラストが描いてある。

「ジンクスというイギリスのジンです。少しオレンジのフレーバーが強いのですが、ウチくらいドライなレシピだと、かえっていいかと思いまして、試してみました」

「うん、美味しいよ。いつもは何を使っているの?」

「ビーフィーターです。カクテルには使いやすいジンです。次はこちらにしてみましょうか」

藤枝は、常連相手だと、たまにこういう遊びをする。酒が強いとわかっている相手にしかできない遊びだ。

「いいなぁ、先生。それ、俺にも一口ちょうだい」

早瀬が甘えて手を出すのを軽く叩いて、城之内は渋い顔をする。

「おまえみたいに正体なく酔っ払うやつに飲ませられるか。てか、おまえ、バーに向かない。居酒屋で飲んでろ」

「だって、居酒屋ってさ、うるさいじゃん」

「おまえが一番うるさいよ」

城之内は、藤枝が出してくれた、柔らかい白パンにクリームチーズを塗り、レモンのマーマレードをたっぷりのせたおつまみを一つ取って、早瀬の前に置いた。

「それ口に押し込んで、おとなしくしてろ」

「ひどいなぁ……」

でも、嬉しそうにパンを取り、もぐもぐと食べている。

「先生より、姫先生の方が優しいや」

「真希《まき》くん」

姫宮が妙に優しい声を出す。

「言葉は節約しないこと。僕は姫宮です」

「でも、姫先生の方が似合うよ。先生、すげーきれいだし」

「それはどうもありがとう」

〝それは地雷だ……っ〟

叫びたいが、隣の姫宮に思い切り腿《もも》をつねられる。

「……っ！」

〝何で、俺が……っ〟

「俺ねぇ、姫先生にいろいろ聞いちゃったよ」

早瀬が意味深に言った。城之内はジン・フィズにむせそうになる。

「な、何だよっ、いろいろってっ！」

「いろいろだよー」

早瀬がにやにやと笑う。

「先生の……プライベートとか」

「おい、蓮……っ！」

「あれ？　先生、姫先生のこと、名前で呼ぶんだね。へぇ、姫先生、れんっていう名前なんだ。どういう字？」

「……ってぇ……っ！」

また太股《ふともも》をつねられた。容赦ない。涙目で顔を見ると、ゆっくりと桜色の唇が動いた。

『このばかもの』である。

「蓮《はす》という字を書きます。実家の庭にある睡蓮《すいれん》が美しい時に生まれたので、大伯父がそう名付けました」

姫宮は淡々と答えた。

「真希くんは、まさきではなく、まきと読むんですね」

「うん。パパがつけたらしいんだけど、ママは四人目女の子がほしかったんだってさ。若草物語フリークだったから。でも、生まれてきた俺にはちんちんがついてたんでがっかりして、せめて名前くらいって、パパがつけた名前に、勝手に女の子っぽい読みをつけて、役所に出しちゃった。だから、今でも、パパは俺のこと、まさきって呼ぶし、ママはまきちゃんって呼ぶ。まぁ、どっちでもいいんだけど」

「おまえ……結構可哀想《かわいそう》だな、それ」

城之内が言うのに、早瀬はそう？　と軽く首を傾げるだけだ。そして、にっと笑った。

「あ、可哀想って思う？　じゃあ、もっと俺のこと、可愛がってよ。そうだなぁ……まずは早瀬じゃなくて、真希って呼んでよ。俺のこと、早瀬って呼ぶの、先生だけだよ。クリニックのみんなも、姫先生も真希くんって呼んでくれるのに、先生だけ、早瀬って呼ぶ」

「呼ぶかよ」

正直、早瀬にはこれ以上距離を詰められたくない。彼は人の心にするっと入り込むのが上手い。生まれ落ちての甘え上手なのだ。一度、するっと入り込まれかけた城之内としては、恋人にこれ以上痣《あざ》を作られたくない。

「おまえな、ちゃんと大学に行ってんのか？　クリニックに毎日のように来てるみたいだけど」

「行ってるよー。俺ね、免許取ったの。車も買ってもらった」

「……バイトしてる暇はないだろうから、パパとママにか？」

「へへ。じーちゃん」

早瀬は、悪びれることなく言う。

「じーちゃん、俺が医者になるの、すげー楽しみにしてんの。何せ、一族郎党の中で、俺が初めてだからさ、医者になるの」

「このまま、ウチにばっかり来てると、医者になれねーぞ」

それでなくても、五年生になるのに体育会系の部活を続けている早瀬には、時間がないはずなのだ。

「膝《ひざ》はもう大丈夫だろ？　トレーナーと相談しながら、練習量コントロールすればいいじゃないか」

「俺さ」

ぺったりとカウンターに伏せて、早瀬はちらりと上目遣いに城之内を見た。隣に怖い怖い恋人がいなければ、ちょっとくらっときそうなほど小悪魔的な表情だ。

何せ、元の造りは整っている。陸上競技の世界では、ちょっとしたアイドル並みの人気がある。マニアな陸上競技の雑誌に取材された時は、その号だけが書店の店頭から消えたと言われるくらいの人気だ。そして、早瀬の一番の強みは、彼自身が、恐らく自分の魅力をよくわかっているというところだ。

姫宮は、自分の容姿や持っている雰囲気に関する自覚が薄く、それがために、恋人たる城之内をやきもきさせることもあるのだが、早瀬はどういう風に振る舞い、どういう風に表情を作れば、自分をアピールできるかを知っている。医者ではなく、芸能人とか政治家になると大成するタイプだと思う。

「整形外科医になろっかな」

「え」

「どうしてですか？」

ぎくりとした城之内のすねに蹴《け》りを入れながら、姫宮がにこりと微笑んで尋ねる。

「真希くんは小児科医になりたいんでしょう？　富永さんに聞きましたよ」

「そのつもりだったんだけどさ、城之内先生見てたら、整形外科医ってかっこいいなって思って。先生って、俺の理想だもん」

「な、何だよ、それ……」

「どのあたりが理想なんです？」

怖い怖い怖い。笑顔の恋人がひたすら怖い。別に、早瀬との間には何もないのだが、確かにくらっときた瞬間はあったのだ。それを隣の恋人は察知しているらしい。

「全部だよ。城之内先生、背高いし、がっしりしてるし、ハンサムだし、医者してるとめちゃめちゃかっこいいし、でも、プライベートは何か可愛いし、面倒見はいいし、優しいし。悪いとこないじゃん」

「……気味の悪いこと言うな」

もっと強い酒が飲みたい。目で訴えたら、藤枝はわかってくれたようだ。カットの美しい脚付きのグラスを取り出すと、ビーフィーターとスウィート・ヴェルモットを同量入れ、バースプーンで滑らかにステアする。

「お待たせいたしました。ジン・アンド・イットでございます」

ジンの香りがつんと鼻に届く。微《かす》かに甘いハーブの香り。

「あ、でもさ、小児科医になって、城之内先生と姫先生のクリニックで、俺も働かせてもらおっかな。違う科の方がいいでしょ？」

「それはそれは」

姫宮がぞっとするほど美しく微笑む。

「楽しみにしていますよ」


「寝たか？」

三杯目はドライ・マティーニにした。姫宮はウォッカ・マティーニである。

「ええ」

姫宮の隣で、早瀬はすうすうと寝息を立てている。藤枝がカウンターから出てきて、そっとブランケットを掛けてくれた。

「すまないな」

「いえ。目が覚めたら、タクシーをお呼びしますから、ご心配なく」

「いや、そういうわけにいかないよ。少し眠らせたら、起こして連れて帰るから」

城之内はそう言い、ふうっとため息をついた。

「……ずいぶんと惚《ほ》れ込《こ》まれたものですね」

姫宮がクールな口調で言った。すっとウォッカ・マティーニを喉に送る。さまになるきれいな仕草だ。

「あなたにはゆっくりと……いろいろ聞き出さなければならないようです」

「…………」

「ご存じかと思いますが」

姫宮の手がすっとグラスから離れた。ひんやりと冷たい指が城之内の太股に落ち、すうっと滑る。危ないところにたどり着いて、ゆっくりとしなやかな指に力を込めて、撫で上げる。

「僕は……とても嫉妬深《しっとぶか》いんです」

「ああ……」

その手を摑む。指を絡ませる。彼が……感じるところに指を滑らせる。

指先だけで楽しむ。カウンターの下で、淫《みだ》らに指を絡ませる。

「知ってる」

今夜もたっぷりと溺《おぼ》れよう。

滑らかなシーツの海が待つ、あのベッドで。

二人で泳ぐ。二人で溺れる。

そして、二人で眠る。

俺には、おまえしかいない。おまえしか……いらない。

あとがき

こんにちは、春原《すのはら》いずみです。

クリニックを舞台にした「無敵の城主」シリーズ、二巻目でございます。前巻でめでためでたしとなったはずの二人でしたが、怪しげなおじさま眼科医と元気な小悪魔医大生が登場して、風雲急を告げております（笑）。楽しんでいただけましたか？

城之内《じょうのうち》・姫宮《ひめみや》クリニックのモデルは、私の現在の勤務先です。二科併設、男性医師二人、診療放射線技師二人勤務（そのうちの一人が私だ！）、医師会の夜間診療……すべて、実際のものです。院内で起こるさまざまな事柄も結構自分の経験から引っ張ってきているので、リアル感としては、いろいろ書いた医者ものの中でも、一番かもしれません。城之内のキャラも、うちのボス（整形外科医です）からもらっている部分があるので、ボスありがとう！　という感じであります（笑）。まぁ、うちのボスの相方は恋人ではなく（当たり前だ！）、自分の息子だったりするのですが（うちはボスのことを「先生」、息子のことを「○ちゃん（名前の愛称）先生」と呼び分けています）。恋人同士で経営するクリニックの話は、ずっと書いてみたかったネタなので、大変に楽しゅうございました。

そんな今回も、イラストはもちろん鴨川《かもかわ》ツナ先生です！　キュートで透明感あるイラストをありがとうございます！　爽やかな城之内先生とすんごく可愛い姫先生に、きゅんきゅんです♡

さて、このシリーズには、私の「恋する救命救急医」シリーズのキャラたちがひょこひょこ顔を出しています。同じ世界観で語られるお話ですので、もし「こいつら、誰？」と興味をお持ちになりましたら「恋する救命救急医」全十二巻をぜひ覗いてみてくださいませ。しかし、この街……美形の医者まみれだな……（笑）。

そして、今回も、その「恋救」とのコラボ「キングの溺愛」が、電子オリジナルとして配信されています。「恋救」ファンの方は、ぜひぜひチェックをお願いいたします。

「恋救」を書き始めた時には、正直、ここまで世界が広がると思っていなかったのですが、あっちをくっつけ、こっちをくっつけ……パズルのように、世界を構築していくのは、とても楽しい作業です。私と一緒にホワイトハートメディカルタウンを楽しんでいただけたら、嬉しく思います。

それでは、SEE YOU NEXT TIME！


とても静かな午前三時。今日もいつも通りに出勤します……　春原　いずみ

『無敵の城主は愛に溺れる』、いかがでしたか？
春原《すのはら》いずみ先生、イラストの鴨川《かもかわ》ツナ先生への、みなさまのお便りをお待ちしております。

春原いずみ先生のファンレターのあて先
〒112-8001　東京都文京区音羽2-12-21　講談社　文芸第三出版部「春原いずみ先生」係
鴨川ツナ先生のファンレターのあて先
〒112-8001　東京都文京区音羽2-12-21　講談社　文芸第三出版部「鴨川ツナ先生」係